Albert Mambourg

BIG BANG

Satire

<u>Orte:</u>
Raumstation im Weltall
Himmel
Hölle
Urologische Praxis in Rom
Vatikan

Kein Dekor
nur Utensilien

<u>Personen und Wesen:</u>
GOTTVATER
JESUS
TAUBE ALS HEILIGER GEIST
(Nur Stimme, Frauenstimme)
ALLAH
(Nur Stimme, Männerstimme)
MEPHISTO
PETRUS
PAPST
KAMMERDIENER
PROF. DR. BERTOLAMI
MARIA *(als Jungfrau Maria und*
als Krankenschwester)
ERZENGEL MICHAEL
DONALD DUCK

<u>Raumstation im Weltall</u>
Gottvater sitzt an einem grossen alten Computer (fünfziger Jahre) in einem Lederohrensessel (Flohmarkt). Sternenhimmel. In der Ecke eine grosser kuppelförmig gerundeter Drahtkäfig auf Sockel, im Käfig auf einer Stange sitzend eine weisse Taube (Heiliger Geist).

Gott werkelt am Computer herum.
Lautes Krachen (Explosion) in der Maschine.

GOTT
Merde!!!

Ruhe. Schaut zur Taube.
Erneutes und wiederholtes Krachen

Mon Dieu!!!

Lehnt sich dösend zurück im durchhängenden Sessel, schliesst die Augen

TAUBE
Bist eingeschlafen?

GOTT
Nein.
Gott schläft nicht.
Nie richtig.
Er braucht das nicht.
Er hat nur die Augen ausgeruht. Die Augenlider drüber gezogen, zum Anfeuchten. Nach ein paar Stunden Computerflimmern brennen die Augen.

TAUBE
Normal in deinem Alter.

GOTT *(schreit)*
Halt den Schnabel.

Gott döst. Petrus kommt durch die rechte Tür herein. Wetterfester Fischeranzug, gelbe Plastikpelerine, die Schultern behangen mit Fischernetzen, am Bauchgurt ein grosser goldener Himmelstorschlüssel. Als er die Netze auf den Boden fallen lässt, weckt er den Schlafenden. Gott räkelt sich, gähnt. Er ist vollbärtig, sieht aus wie auf den Altarbildern der mittelalterlichen Schlosskapellen Frankreichs

GOTT
Habe meine Augen nur ausgeruht.
Bin müde vom Googeln.
Ich kann das nicht.
War nie jung genug dafür.
Hab auch keine Enkel.
Als ich die Welt erschuf
vor 6000 Jahren,
so steht's im Alten Testament,
brauchte ich kein Internet.
Hast du was gefangen?

PETRUS
Du könntest mir mal ein paar Fische raufschicken.

GOTT
Sogenannt fliegende Fische!

PETRUS

Ich habe den Italienern dafür ein paar Wildgänse
und eine Schar Singvögel, die über den Apennin
nach Europa zurückfliegen wollten, in meinen Net-
zen weggeschnappt, um sie freizusetzen. Die Italiener fressen diese armen Singvögel als Vorspeise
mariniert oder mit Pasta. Ich gehe die Netze zum
Trocknen in den Wolkenwind hängen.

Geht hinaus. Gottvater setzt sich wieder an den
Computer

GOTT

Wikipedia:

Big Bang

vor gut 13 Milliarden Jahren...was ist denn das??

Bin ich so alt?

Kaum zu glauben.

Hier steht, man wisse jedoch nicht, was vor dem Big
Bang war!

Ich auch nicht.

Na also!

Es muss ja jemand die Welt erschaffen haben,

sonst wäre sie nicht da.

Gott?

Man kann das nicht ausschliessen,

das sagen alle guten Wissenschaftler.

Die berühmtesten Wissenschaftler werden am
Schluss alle gläubig

immer

ist doch schon was.

Jesus sagte,

mein Vater hat die Welt gemacht.

Er sei mein Ebenbild.
Oder umgekehrt.
Ich bin Gott in Gott
mit dieser Taube da.
Ein Dreieck quasi.

TAUBE
Du hast die Welt erschaffen,
das sagte Jesus.
Das sagt der Papst auch.
Nur hast du die Weltformel vergessen.

GOTT
Ich habe sie damals
ich erinnere mich
extra aufgeschrieben.
Sag mir, wo ich den Zettel hingesteckt habe;
Du weisst ja alles.
Immer alles besser.

TAUBE
Du musst dich mit deiner Welterschaffung nicht
rechtfertigen.
Vor niemandem.
Du hast das gemacht, es ist eigentlich egal wie und
wann,
basta!
Wenn du sie nicht erschaffen hättest, wäre niemand
da, um sich aufzuregen.

GOTT
Sag mir, wo ich die Formel hingesteckt habe.

TAUBE
Du erträgst das Altern schlecht.
Es fängt an mit den...
wie sagt man?
ich hab's vergessen..
..den Gedächtnislücken!

GOTT
Ich bin nur so alt, wie ich mich fühle.
Und ich möchte das Wort altern in diesem Raum
nicht mehr hören,
hörst du!
Niemand kann was gegen die Zeit,
ich auch nicht, die gehört zum Ganzen,
in die Weltformel.
Wo habe ich den Beipackzettel?

TAUBE
Ich sage es dir,
weil du mein Freund bist.
Das Buch deiner Weltformel
das Buch aller Bücher
steht in deiner Bibliothek,
links oben,
du musst die Leiter nehmen
bei gross A steht's
neben Alzheimer.

GOTT
steht auf und stürmt wütend auf den Käfig zu
Sag mir die Formel,
dann muss ich nicht das ganze Buch lesen,

meine Augen sind müde.
Arrogant bis du bis zum Dach hinaus!
Zum Abschiessen!
Petrus!
Petrus!
Komm sofort her!
und vergiss die Schrotflinte nicht!!

TAUBE
Nicht schiessen!!
Wenn du mich erschiesst, wirst du's nie wissen.
Ich werde in Zukunft mucksmäuschenstill sein.
Nur noch denken.
Denken wird doch wohl im Staate Gottes erlaubt
sein?!
Wir stehen über Frankreich,
dem Land des freien Denkens,
1789.

Petrus eilt herein, eine Kalaschnikow im Anschlag.
Er trägt einen blauen Marinepullover, eine
Kapitän Haddock-Kappe mit Seemannsemblem vorne
drauf

GOTT
Wo hast du denn dieses Maschinengewehr her?

PETRUS
Es ist eine Kalaschnikow
Breschnew hat sie mir mitgebracht.
Ein Backfisch...
oder Backschisch...
wie er sagte.

Ein Geschenk für Gott.
Er hält dich für den Obergenossen.

GOTT
Ich erinnere mich an nichts.

TAUBE
Es ist auch schon lange her.

GOTT
fasst den Käfig mit beiden Armen
Schau mir in die Augen!
Direkt in die Augen!
Hörst du!!

TAUBE
Das wird wohl schwierig sein. Ich habe ein Auge
rechts und eines links.
Von vorne gesehen seh' ich dich nicht.
Wenn ich dir direkt in die Augen schau, bist du ver-
schwunden.

Gott rüttelt am Käfig

Hör auf zu rütteln.
Ich melde es Amnesty International.
Allein schon wegen der Käfighaltung.
Bewegungsfläche: ein Din A4-Blatt,
wie Vorschrift bei den Hühnern.
Einzelhaltung bei allen geselligen Vögeln wie
Kanarien oder Tauben
ist EU-Verbot.
Immerhin stehen wir über Strassburg.

Europäisches Gericht.
Ich hätte gern eine zweite Taube.
Einen Täuberich
der's auch mit der Intelligenz hat,
damit ich mich auf gleicher Augenhöhe
unterhalten kann,
Mach mir eine aus Lehm,
der du den Odem durch den Schnabel einbläst.

Petrus nähert sich dem Käfig mit angeschlagener
Kalaschnikow

TAUBE *(zu Gottvater)*
Würdest du mich von diesem Bastarden abknallen
lassen?

GOTT

geht stöhnend auf und ab, schaut bei einer Fenster-
luke raus. Nach einer Weile mit ernster Stimme

Nein.

TAUBE
Na also!

GOTT
Petrus würde dich sowieso nicht treffen.
Seit Jahren schiesst er
mit seinem Vorderlader aus biblischen Zeiten,
von dieser Lukarne aus
auf den Sputnik.
Dessen Bip-Bip ist mir unerträglich

vor allem nachts.
Petrus verfehlte den Sputnik immer.
Gut, dieser kommt etwas schnell daher.
Der Schuss geht in die Hörner,
in die Antennen,
kein Blattschuss.
Die neuen Satelliten, die hier vorbeifliegen, werden
immer grösser,
wären leichter zu treffen,
ganze Wohnstuben
aber mit der besseren Technik immer leiser,
still,
stört mich nicht,
solang sie nicht mit mir kollidieren.
Nur der russische Sputnik ist unausstehlich laut
und die Bedeutung dieses Bip-Bip Bip-Bip ist
wahrscheinlich sinnlos
wie der Kommunismus.
Wir haben dieses Geräusch nie dekodieren können.

TAUBE
Petrus ist ausgebildeter Fischer
und kein Jäger!
Das Pulver hat er nicht erfunden.

GOTT *(schreit)*
Halt deine böse Zunge im Schnabel!
Ich schneid sie dir ab.
Ich lass dich nicht mehr rumfliegen.
Ich halte dich drei Tage im Käfig ohne Wasser.
Und ohne Körner.

TAUBE
Ich bin die einzige Taube der Welt,
die ohne Wasser und Körner auskommt.
Ich halte es sehr gut und tagelang mit
mir allein aus.
Einfach sein.
Das ist schön.
Alle wollen immer rumfliegen,
die Welt sehen.
Ich leg mich auf den Rücken und mach den toten
Vogel.
Drei Tage lang autogenes Training.
Würde auch dir gut tun.
Weniger essen,
nur eine Hostie zum Frühstück
und schlafen.

GOTT
Bei Gott!
Ich schlafe nie!
Ein Gott
der zwischendurch schläft
würde von den Menschen nicht akzeptiert.

TAUBE
Reg dich nicht so auf!
Das tut deinem Herzen nicht gut,
kriegst hohen Blutdruck,
machst noch einen Herzinfarkt.
Notfall!
Ich müsste dich retten.
Schnabel-zu-Mundbeatmung.

Willst du das?
Leg dich lieber hin.
Siesta.
Und meditiere
wie Buddha.
Vielleicht fällt dir die Weltformel wieder ein.
Sonst nimmst die von Buddha,
die ist auch nicht schlecht.

GOTT
Als ich die Welt erschuf
brauchte ich keine mathematischen Formeln.

TAUBE
Du konntest damals
ja kaum lesen und schreiben.
Ein paar Buchstaben in Stein gemeisselt!
das war schon alles.

GOTT

*holt eine Decke von seinem Sessel und wirft sie über
den Käfig*

Damals gab's auch noch keine Tauben.

GOTT *(geht vor Petrus auf und ab)*
Erinnerst du dich noch
an dein Evangelium!
Die Welt erschaffen in nur sieben Tagen,
war doch schön.
Wenn ich nur daran denke!
Am Montag habe ich die Blumen gemacht,

all die schönen Blumen!
Die Sonnenblumen!
Die Vergissmeinnicht!
Der Schlehdorn
und die Purpuracea anämika!

PETRUS
Du bist ein unverbesserlicher Poet,
das haben die Menschen vergessen.

GOTT
Am Dienstag den Seeadler.
Die Möwen, die grossen weissen Kreischmöven,
die sich in der Bretagne
über die Atlantikküste hinweg
in die Westwinde stürzen!
Und die Echsen!
Die schwarz-gelben Feuersalamander!
Die Ringelnattern!
Die Blindschleichen...
und die Burgunderschnecken!...Hoooh!!
es gibt nichts Besseres als die Burgunderschnecken
...in Knoblauchsauce.

PETRUS
Du bist ein Feinschmecker sondergleichen!
Wärest doch gleich Franzose geworden!
Gott in Frankreich!

GOTT
Am Mittwoch:
Die Berge, die Seen und die frische Luft,

die Segelboote
und die Surfbretter,
die Unterseeboote und die Dampfschiffe,
die Ozeanriesen,
mit denen man nach Amerika fahren kann.

PETRUS
Jetzt gibt's schon Riesenöltanker
unter Panama-Flagge,
die hundertmal länger sind als deine römischen Ga-
leeren.
Fünf Fussballfelder lang.

GOTT
Am Donnerstag die Sterne, das war ein langer Tag!
Ich habe all die Sterne, die du am Himmel siehst,
für die Nacht gemacht.
Sie leuchten nur nachts.
Und am Freitag die Schmetterlinge.
Einen ganzen Tag lang brauchte ich für
diese Peipernellen,
les papillons,
le farfalle.
Am längsten arbeitete ich an den Tagpfauenaugen...
die mit ihren dreissig Schattierungen!

PETRUS
All die Schmetterlinge sind aber auch schön!
Ich finde es wunderbar, wie du die gemacht hast.

GOTT
Ja! Du hast recht.

Sie sind alle sehr schön geworden...

TAUBE
Ausser dem Kohlweissling!

GOTT
Gut, das ist eine Niete.
Geb ich zu.
Aber ansonsten:
der flatterhafte Flug dieser Kleinflugzeuge,
die quirlig tanzenden Bewegungen in der Luft!
Soll mir doch einer dieser modernen Physiker das
nachmachen..
Hat mit Mathematik rasend wenig zu tun.
Diese armseligen Wissenschafts-
Taschenrechnerdiebe
tun mir langsam leid.
Nichts schaffen sie, mal keinen Schmetterling,
nur verstehen wollen sie alles...
mit ihrer 01010001001-Computersprache.
Die Poesie der Schmetterlinge
mathematisch verstehen wollen?
Lächerlich!
All diese Computer, diese Tablets
haben was Niederes,
etwas Vulgäres,
was Flaches an sich.

TAUBE
Ohne ein Highschool-Masterdiplom kommst
du heute nicht weit,
auch wenn du der Herrgott bist.

GOTT
nimmt die Decke vom Taubenkäfig runter

Zu meiner Zeit gab es keine Universitäten
und die Welt lief ohne sie
und besser.

TAUBE
Irgendein Abschluss mit Diplom
stünde dir schon gut an:
Professor Doktor Doktor und Mastercard
aller Wissenschaften!
Der Herrgott
oder die Fraugott,
müsste man heute korrekterweise sagen.
Aber du hast es nicht so mit den Frauen.
Ich meine
zumindest kein Frauenheld.

GOTT
Wechseln wir das Thema.
Welche Jahreszeit sind wir, Petrus?

PETRUS
Frühling, Meister,
man sieht's an den Knospen.

GOTT
Schön! Schön!
Welcher Jahrgang sind wir?

PETRUS
Wir gehen ins dritte Jahrtausend.
Nach Christus.

GOTT
Ich weiss schon, Petrus!
Diese Zeitrechnung ist mir bekannt.
Ich habe die Welt zwar viel, viel früher erschaffen,
Aber alle richten sich nach meinem Sohn.
Ausser die Azteken,
die haben ihren eigenen Kalender.
Der jüdische Kalender wiederum beginnt mit der
Schöpfung der Welt
4000 vor Christus,
sagt die Thora.
Die Chinesen sind heute erst im Jahr der Affen.
Das waren wir schon längst.
Ich will von all diesen Rechnungen nichts mehr
wissen.
Es ist meine Schuld!
Oh Gott!
Meine grosse Schuld.
Ich habe Jesus zu spät auf die Erde geschickt.
Viel zu spät.
Die Menschen wissen erst seit 2000 Jahren, dass
ich schon vorher da war.
Mein Vater hat die Welt erschaffen,
sagte er nachträglich.
Vorher konnte das ja niemand wissen.
Ein bisschen früher
hätte er schon runtergehen sollen
zur Zeit der Pharaonen ...zum Beispiel.

Sonnengott Re,
die Eine-Welt-, die Eingott-Religion,
hätte gepasst.
Mega gepasst.

PETRUS
Das Problem ist,
die Pharaonen hatten noch keine Kreuze.
Er hätte nicht gekreuzigt werden können.
Und die Menschen wären nicht von der Erbsünde
erlöst worden.
Es hätte keine Auferstehung gegeben.
Die Menschen wären einfach in den Tod gegangen,
nicht in den Himmel.

TAUBE
Oder in der Hölle!

GOTT
Halt du den Schnabel.
Oder ich schick dich in Petrus' Netze.
Zum dich erwürgen.

PETRUS
Das Kreuz ist heute gut eingeführt,
ein Markenzeichen.
Man trägt es am Hals.
Es baumelt vorne im Auto.
Die Fussballer bekreuzigen sich vor dem Spiel,
um mehr Tore zu schiessen.
Manchmal lenkt die Hand Gottes
den Ball direkt ins Tor.

GOTT
Du hast recht, Petrus!
Das Kreuz ist gut eingeführt.
Niemand kommt daran vorbei.
Auch die Franzosen nicht.
Ich nehme ihnen die Trennung nicht übel.
Mach ihnen ein schönes Wetter heute!
ich bin gut aufgelegt
es ist Sonntag
alle sollen aufs Land picknicken
und baden gehen.
Eine Flasche Bordeaux,
ein Hähnchen,
einen Coq au vin,
eine Wachtel zu Mittag
...oder eine Taube!

PETRUS *(geht hinaus)*
Seid friedlich!
Schaut euch in die Augen
und gebt euch einen Kuss!
Ich gehe das Wetter machen.
Den Franzosen ein schönes.
Den Italienern drei Tage Regen.

TAUBE
Eigentlich hättest du deinen Sohn
beim Urknall
als Gas hinschicken können.
Oder viel später,
bei der Entstehung der Erde
der Sonne und der Sterne,

als Dinosaurier.
Er wäre als Dinosaurier für alle
Dinosaurier gestorben.
Die Gläubigen würden an der Halskette
anstelle eines todbringenden Kreuzes,
einen kleinen Dinosaurier als Goldstück tragen.
Die Dinosaurier waren vorbildliche Vegetarier.
Und friedfertiger als die modernen Menschen.
Schau die fleisch- und blutrünstigen Kriege,
die du zugelassen hast.
Als letzte den I. und II. Weltkrieg
nicht schlecht.
Es kommt ja noch besser
in Zukunft
und du schaust zu.

Bleierne Stille.
Gottvater geht auf den Käfig zu

TAUBE *(schreit)*
Tu das nicht.
Du wirst es bereuen.
Tu's nicht!
Du kannst eine Taube nicht vom Tode erwecken.
Du weisst nicht
was du machst.

Gottvater öffnet die Käfigtür, werkelt an der Taube
herum, als er sich umdreht, sieht man die weisse
Taube tot auf dem Käfigboden liegen, eine Blut-
strähne über der Brust. Petrus kommt rein und ist
erschrocken

PETRUS
Mein Gott!
Was hast du gemacht?!
Spinnst du?

GOTT
Ich habe diese Taube getötet.

TAUBE *(letzte Worte, stöhnend)*
Ich werde mich beim Schweizer
...Brieftaubenverband
...beschweren.
Und bei Amnesty.

<u>Privatklinik Santo Spirito in Rom</u>
Arztpraxis mit Gynäkologen-Untersuchungsstuhl.
Darüber an der Wand ein grosser Bildschirm
und ein Gerätetisch mit Endoskopiematerial.

Personen:
PROF. DR. ANTONIONI BERTOLAMI
MARIA (Krankenschwester)
PAPST JOHANNES PAUL II. (Karol Wojtyla)

SCHWESTER
drückt auf den Knopf der Gegensprechanlage

Der Nächste bitte.

Der Papst tritt ein in voller päpstlicher Montur:
Mitra. Bischofsstab etc.

Treten Sie ein.
Darf ich...Papst sagen?

PAPST
Nein!
Ich bin Ihr Vater.
Der Heilige Vater.

Papst hält ihr den Fingerring hin zum Küssen

SCHWESTER
Bitte nehmen Sie Platz.

PAPST
Ich stehe lieber. *(hält sich am Stab fest)*

SCHWESTER
Ich rufe Dr. Bertolami.

drückt auf den Knopf

Herr Professor!
Papst Johannes Paul II. ist da.

zum Papst

Geben Sie mir Ihren Hirtenstab.
Ich stecke ihn in den Regenschirmständer.

PAPST
Es ist gut so.
Ich brauche ihn nur als Krücke.
Ich hab's in den Hüften
und im Rücken.

SCHWESTER
Ich hab's woanders,
aber das Leben ist so.

PAPST
Ich sage immer,
jeder hat's irgendwo,
das Leid,
meine ich.

segnet die Schwester

PROFESSOR *(Gegensprechanlage)*
Komme sofort.

Tritt ein, geht auf den Papst zu, will ihm die Hand

schütteln. Der Papst hält ihm lediglich den
Ringfinger hin zum Küssen

Nehmen Sie doch Platz!
Hier auf dem Stuhl.

PAPST
Dort sitze ich den ganzen Tag.
Ich stehe lieber.

PROFESSOR
nimmt Platz an seinem Schreibtisch,
blättert in den Akten

Darf ich mich vorstellen:
Ich bin Doktor Antonioni Bertolami.
Klinik Santo Spirito.
Professor für alles.
Vor allem für Blase und Darm.
Der Darm mit all seinen...Funktionen,
diese Blähungen,
der Auspuff.
Sie wissen was ich meine.

PAPST
Ich darf's am Radio Vatikan
wohl nicht laut von mir geben,
aber auch die Päpste haben Blähungen.

PROFESSOR
Der Schuss,
wie man sagt,
geht immer hinten raus!

Haha!Haha!

Beide lachen. Professor studiert die Akten

Sie sind Papst Johannes Paul der I.
Karl Wojtyla,
genannt der Staubsauger Gottes.
Haha! Haha!

PAPST
Ich bin Papst Paul der II.!

PROFESSOR
War Papst Paul der I. denn vor Ihnen?

PAPST
Nein..das war Papst Johannes der XXIII.

PROFESSOR
So viele!
wie bei Louis Quatorze, dem Sonnenkönig!
Aber die Ludwige in Frankreich gingen nur bis
Louis seize.
Vielleicht konnten die Ludwige nur bis 16 zählen!
sagte Prévert.
Haha!Haha!
Spass beiseite.
Ihr Hausarzt
wenn man dem Vatikan Haus sagen kann
Haha!!
schickt Sie,
ich habe bereits Ihre Akten studiert,
zu einer Spezialuntersuchung des Darmes.

Des heiligen Darmes! sozusagen.
Kommen wir gleich in medias res.
Das ist Latein!

PAPST
Das Kirchenlatein ist mir geläufig.

PROFESSOR
Agricola arat
ancilla conjungat.
Der Bauer pflügt
Die Magd vögelt.
Haha!
Wie ist Ihr Stuhl?

PAPST
Diese fliegenden Wortspiele über meinen Stuhl
kann ich nicht mehr ausstehen.
Dieser Witz ist im Vatikan geläufig,
da müssen die ältesten Kardinäle sogar lachen,
das tun sie sonst nie.

PROFESSOR
Ich meine Ihren Stuhlgang.
Haha!Haha

PAPST
Das ist mir jetzt unangenehm.
Über Sachen unter der Gürtellinie,
diesen Niederungen,
möchte ich nicht reden.

PROFESSOR
Vergessen Sie Ihre Titel.
Ihre äussere Erscheinung.
Reden wir von Mensch zu Mensch,
von Arzt zu Mensch.
Von Professor zu Mensch.
Ich rede mit Ihnen über ihren Stuhlgang ,
auch wenn es Ihnen stinkt,
Sie müssen sich nicht genieren.
Auch Jesus hat Brot gegessen
und Wein getrunken,
oder nicht?

PAPST
Ehrlich gesagt,
ich kann mir das
was Sie meinen,
bei Jesus nicht vorstellen.

PROFESSOR
Aber darf ich annehmen,
dass Sie als Papst Stuhlgang haben?

PAPST
Ja.
Aber wir reden bei unseren Sitzungen nicht
darüber.

PROFESSOR
Wie oft
haben sie das,
was ich meine?

PAPST
Das hängt davon ab..
Mal so, mal so.

PROFESSOR
Hart oder weich?

PAPST
Hmm! Medium.

PROFESSOR
Geruch?

PAPST
Im Vatikan müssen wir die Fenster öffnen.
Ich bin natürlich nicht allein.
Im Vatikan sind über 200 Bischöfe
und Kardinäle.
Ein Haufen.

PROFESSOR
Haben Sie Blut im Stuhl.

PAPST
Ja.

PROFESSOR
Wie oft?

PAPST
Jeden ersten Freitag im Monat.

PROFESSOR

Das klingt ja wie ein Wunder!

Pater Pio kratzte sich jeden Monat die
Handinnenflächen blutig auf

und wurde nach seinem Tod presto
heiliggesprochen.

Wenn die Blutung aber nur eine
Darmgeschwulst ist

ein gewöhnlicher Krebs,

dann werden Sie nicht heilig gesprochen.

Ein Darmkrebs ist ganz menschlich.

In den Alters- und Pflegeheimen gehört er
zum Alltag.

Ich sehe nicht ein, warum der Herrgott Ihnen als
sein Stellvertreter einen Krebs schicken sollte.

Ausser Sie hätten schwer gesündigt.

Dann straft Gott natürlich sofort.

Auch wenn Sie Papst sind.

Ich mache Ihnen eine Darmspiegelung hier
auf dem Untersuchungsstuhl.

Dann sehen wir,

ob es sich bei den Blutungen um ein Wunder
handelt

oder auch nicht.

Wenn es ein Darmkrebs ist,

sind Sie schneller im Himmel!

Haha!

PAPST

Ehrlich gesagt ist mir ein Spatz in der Hand,
ich meine unsere kleine Welt,

lieber als eine Taube auf dem Dach.

PROFESSOR
Ich bitte Sie hier hinter dem Paravent
die Unterhosen auszuziehen..
Den Rock können Sie anbehalten.
Soll die Schwester Ihnen helfen?

PAPST
Nein danke.
Das mache ich lieber selber.

Papst hinterm Paravent. Kommt hervor im Rock mit
Stab und Mitra. Wird zum Untersuchungsstuhl be-
gleitet und gelagert.
Professor und Krankenschwester bereiten den Ein-
griff am Operationstisch vor.
Das Kaltlichtkabel des Endoskops wird während des
Eingriffs von einer Rolle abgewickelt und
meterweise reingeschoben. Der grosse Bildschirm
wird eingeschaltet. Der Papst hält sich mit
einer Hand am Hirtenstab fest. Während dieser Vor-
bereitung erklärt der Professor das Vorgehen.

PROFESSOR
Ich führe jetzt das Darmrohr ein.
Es tut nicht weh, wenn Sie entspannen.
Betrachten Sie das Darmrohr nicht als Feind, son-
dern als Freund.
Es ist dann ein völlig natürliches Gefühl
für den Betroffenen.
Es kann sogar ein angenehmes Gefühl sein.
Nicht schmerzhaft
gar nicht schmerzhaft

auch bei diesem Endoskopkaliber nicht
wenn man sich richtig gehen lässt
und plötzlich denkt
sich bewusst wird,
dass man in guten Händen ist,
und das eingeführte Rohr ja auch zur Sicherheit mit
Vaseline eingeschmiert ist,
gegen den Schmerz.
Sooo!!
Da hätten wir's.
Tut's weh?

PAPST
Ich weiss nicht.
Ich kann das so nicht sagen.
Es ist ein unklares Gefühl.
Ich kann nicht bestreiten,
dass es unangenehm sei.

PROFESSOR
Es steht uns eine lange Reise bevor.
Voyage au bout de la nuit,
wie mein Kollege Céline sagte.
Wir stossen jetzt in Ihr Inneres vor.
Die Schattenseite des Menschen.
Sie können am Schirm selber zuschauen,
wie es in ihrem Innern aussieht.

*Die Darmspiegelung läuft ab. Der Schirm ist so ge-
stellt, dass der Papst zuschauen kann.Der
Professor kommentiert. Der Film darf ein eigenes
Drehbuch haben, live kommentiert vom*

Professor. Hier ein Vorschlag:

Durch Täler, Höhlen, an Hügeln und Bergen vorbei.
Schwindelerregend, zitternd, flatternd die Blätter
im Walde, die Vögel und Schmetterlinge, die
vorbeifliegen.
Aufhellungen wie Sonnenaufgänge, dann wieder
dunkle Nacht.
Auch mal sternenklar mit flitzenden Trabanten.
Grüne Inseln im Meer, Wasser, Quellen. Fische.
Riffe.
Immer wieder Krebse und Polypen.
Zwischendurch eine Lebensgeschichte:
Gorillas in den Bäumen. Ein grosser Silberrücken,
der in die Kamera schaut.
Die Eltern.
In Polen.
Ihre Taufe.
Ihre Erstkommunion.
Ihr Erstkommunion Uhr.
Ihre Primiz (liegt in weisser Kutte flach ausge-
streckt am Boden)
Die Schwarze Madonna von Krakau erscheint
Ihnen.
Ankunft am Flughafen. Bodenküssen.
Hier im Papamobil.
Wir kehren wieder zurück zum Ausgang
*(Der Film wird rückwärts abgelassen, schnell, bis zu
den ersten Aufnahmen):*
hier die Polypen, ein Meer von Polypen
Hummer und Krebse
wie die Franzosen sie gerne haben.

Wir sammeln ein paar ein in unserem Netz.
Soo!!
das war's.

PAPST
Interessant!
Eine unbekannte
fremde Welt in mir.
All die Landschaften und Meere
und Krakau!
Vergessen!!
Und all die Erinnerungen.
Ist das mein Unbewusstsein?
wie Freud sagte.
Die Seele?
Vielleicht der Herrgott selber?

PROFESSOR
Oder der Teufel!
Haha!

Professor Bertolami verabschiedet sich.
Seine kleinsten und banalsten Äusserungen mit
herzhaftem Kichern begleitend.
Er will dem Papst die Hand reichen, dieser hält ihm
nur den Ringfinger hin zum Küssen

Sie haben das sehr gut gemacht.
Es gibt Leute, denen dieser Eingriff peinlich ist.
Ich möchte Ihnen gratulieren.
Ich hätte es nicht besser gemacht.
Ich überlasse Sie der Krankenschwester.

PAPST
Ist sie krank?

PROFESSOR
Nein!
Nichts Ansteckendes.
Sie vereinbart lediglich mit Ihnen einen Termin.

PAPST
Muss das sein?

PROFESSOR
Ich werde mit Ihnen die Laborresultate besprechen
und das Procedere.
Ich muss Ihnen ehrlich sagen:
So wie es aussieht, wird es um eine grössere
Operation gehen.
Ich habe nicht nur diverse Biopsien des Darmes
gemacht, sondern auch einen Teil ihrer
faustgrossen Prostata abgeknipst.
Durch diese Verletzung des Prostatagewebes wird
sich in den nächsten Tagen ein häufiger
Harnblasendrang bemerkbar machen
und Sie können schlecht sitzen.
Den Stuhl können Sie vergessen. *(Beim Hinaus-*
gehen) Die Schwester hilft Ihnen beim Anziehen.

PAPST
Muss es denn eine Schwester sein, Herr Professor?

PROFESSOR
Nein, ich kann Ihnen auch Leonardo schicken

unseren neuen jungen Pfleger.
Er war mal Messdiener.

PAPST
Wäre mir lieber.

PROFESSOR
Arrivederci!
E buona giornata!
Ciao papa!

Im Vatikan
Päpstliches Privatgemach im Rembrandt-Salon

Der Kammerdiener kommt mit einem grossen
Plateau herein und deckt den Frühstückstisch.
Der Papst in voller Montur, Mitra und Stab,
steht im Raum. Der Kammerdiener erklärt die
Zusammensetzung des Frühstücks und öffnet eine
Flasche Weisswein

KAMMERDIENER
Ihr Frühstück ist heute trotz der Fastenzeit etwas
reichlich, damit Sie sich von Ihrem doch
schweren Eingriff bei Doktor Bertolami, Professor
für alles, besser und schneller erholen mögen.
Hier ein Orangensaft aus frischgepressten Orangen
aus Sizilien.
Ananasscheiben aus chemischem Anbau
Kolumbien.
Zahmer norwegischer Wildlachs auf Toastbrot.
Harte Eier
von einer Novizin gepellt.
Müsli der Schweizergarde.
Alpenkäse.
Polnische Wurst, Speck und Schinken,
wie gewöhnlich.
Hier eine goldene Schale zum Kotzen.
Dort eine Schale mit Zitronenwasser zum
Fingerwaschen.

Der Papst ist hinkenden Fusses zum Fenster gegan-
gen, schiebt den schweren Veloursvorhang
etwas beiseite

PAPST
Schauen wir mal, welches Wetter Petrus uns heute
schickt.
Nur Regen!
Schwere schwarze Gewitterwolken..
und das im Frühling!

Der Papst kommt zum Tisch, setzt sich hin,
springt wieder auf

Ooooh!! Gott!
Merdre!
Ich kann nicht sitzen.

Der Kammerdiener holte ein Kissen zum
Unterschieben

KAMMERDIENER
Hier ein weiches dickes Prostatapolster.
Noch vom letzten Papst.

PAPST
(setzt sich)
Angenehm,
sehr angenehm.

KAMMERDIENER
Ich habe hier einen Château Neuf Prostate,
wird Ihnen gut tun.
Da Sie keine Frühmesse halten konnten,
haben Sie leider noch keinen Weisswein im Magen.
Schauen Sie zu ihrer Gesundheit.
Normal trinken Sie bei der sechs Uhr Messe eine

halbe Flasche Weisswein
gegen die Morgendepression.
Auch Jesus trank Wein,
gegen die allgemeine Depression,
die damals in Palästina herrschte.
Kein Fernsehen.
Kein Telefon.
Keine Unterhaltung.

Der Kammerdiener hält den Zapfen an die Nase,
schenkt zum Probieren ein. Der Papst kostet
und trinkt mehrere Schlucke. Der Kammerdiener
stellt dem Papst einen Frühstückteller
zusammen

PAPST *(fängt zu knabbern an)*
Nicht schlecht.
Ein natürliches ländliches Frühstück,
gesund eigentlich zum länger leben,
dabei will Professor Bertolami
mit seinem Gequatsche
mir das Leben verkürzen.

KAMMERDIENER
Sie müssen keine Angst haben.
Sie nehmen die direttissima.
Sie haben doch als Papst eine Stuhlreservation im
Himmel.

PAPST
Im Moment würde ich lieber liegen als sitzen.
Aber Sie haben recht.

Nur gibt's im Himmel zum Frühstück keine polnische Wurst,
glaube ich.

Der Papst humpelt in aller Eile hinaus.
Währenddessen schenkt sich der Kammerdiener
ein Glas Wein ein und knabbert am gedeckten
Frühstück. Der Papst humpelt zurück

PAPST
Dieser lästige Blasenreiz.
Es kommen nur ein paar Tropfen.
Extrem brennende Schmerzen.
Nicht zum Aushalten.
Oh Herr, lass diese Tropfen........

KAMMERDIENER *(schenkt nach)*
Nehmen Sie noch einen Schluck vom Château Neuf
Prostate, das wird ihrer Blase gut tun.

PAPST *(trinkt aus)*
Immer nur Tropfen.
In die Windeln
Oder ein Stau.
Wissen Sie was, ich verzichte auf das Frühstück.
Bringen Sie's der Schweizer Garde,
die sind froh, mal was anderes als Müsli zu essen.
Trinken wir Wodka.
Polnischer Wodka ist Balsam für die Blase.

KAMMERDIENER
Cela mène au pire!

Der Kammerdiener schenkt wiederholt Wodka ein,
setzt sich zum Papst. Beide prosten sich
immer wieder zu. Der Papst springt öfter zur Tür,
kommt aber sofort wieder zurück. Zappelnd

PAPST
Erzählen Sie niemandem
nie
dass ich eine Windel trage.
Versprechen Sie mir.
Hoch und heilig!!!
...wobei ich im Haus
ja nicht der Einzige bin.

KAMMERDIENER
Ich verspreche bei Gott im Himmel
ich werde nie,
in keiner Situation,
in Zukunft
noch in der Vergangenheit,
die Windel jemals erwähnen.

PAPST
Die Gläubigen glauben,
ich würde mit dem Hirtenstab ins Bett steigen
mit den Gewändern und der Mitra auf dem Kopf.
Die wollen das immer so glauben;
sie können sich mich
und Gott
nicht anders vorstellen.
Verschieben Sie doch die 10-Uhr-Sitzung mit den
deutschen Kardinälen

auf morgen.

Die sollen sich Rom anschauen gehen.

Oder bei diesem Regen

ich weiss nicht was Petrus uns wieder geschickt hat

ins Kino gehen.

Fürs Kino Santo Spirito um die Ecke

haben wir noch Freikarten.

Zu zehnt kriegen die sowieso Gruppenrabatt.

Sagen Sie...

ich muss mal schnell austreten,

was halten Sie eigentlich von einer deutschen Papst-
kandidatur?

Ein Pole zweimal hintereinander geht wohl nicht.

Ich könnte Sie vorschlagen,

als mein ehemaliger Messdiener

wissen Sie wenigstens wie's geht,

Oder den Polen Walensa.

ich kenne den Mann gut.

Ich nahm ihm immer die Beichte ab.

Nichts mehr auf dem Kerbholz,

seit er Präsident ist.

Das Fluchen, die Weiber und den Wodka

hab ich ihm verziehen.

Die grosse Absolution.

Der Mann wird in den Himmel kommen.

Vielleicht sogar heilig gesprochen.

Wir haben nämlich noch keinen Heiligen in Polen,

das würde uns gut tun.

Wenn die deutschen Kardinäle

ich weiss nicht ob das mit der deutschen Wirt-
schaftspolitik,

mehr Mercedes für China, zu tun hat,

einen Chinesen als Papstkandidaten vorschlagen
und darauf beharren
muss ich mit aller Kraft opponieren.
Ein Chinese wird nie italienisch lernen.
Er wird wohl nie arrivederci sagen können.
Man würde ihn nicht verstehen.
Es gäbe einen Massenexodus aus der Kirche.
Entschuldigung.
Ich muss schnell abtreten.
Oder einen Franzosen!
Warum nicht?
Der Gegenpapst von damals,
dieser Affront von Avignon,
ist längst verziehen.
Der Wein ist gut.
Schloss Avignon
mit dem jährlichen Theaterspektakel
ist vatikanreif.
Würde den Franzosen guttun,
ein Papst aus ihren Reihen vergönne ich ihnen.
Ausser Lourdes bleibt den Franzosen nämlich nicht
viel.
Die Quelle in Lourdes ist schon lange versiecht.
Wurde schon kurz nach der Erscheinung
an die städtischen Wasserwerke angeschlossen.
Es gab seither auch keine grossen Wunder mehr im
Lourdes Wasser
nur noch Heilungen bei kleinen Sachen:
Blähungen.
Verstopfung.
Migräne.
Krampfadern.

Verstauchungen beim Fussball.
Alles nur kleine Wunder,
Heilungen und Zeichen Gottes
die ein jeder kennt,
Man hat Kopfweh
und tags darauf ist es wieder weg.
Ich wäre jetzt an sich sehr gerne nach Lourdes ge-
pilgert,
die Füsse ins Heilige Wasser halten.
Professor Bertolami hat mich nach seiner Höhlen-
forschung gewarnt.
Als Papst bin ich unantastbar
als Mensch natürlich den irdischen Regeln unter-
worfen.
Sollte ich die Operation nicht überleben,
als Sioux in die ewigen Jagdgründe ziehn,
so machen Sie sich jetzt ein paar Notizen:
Sagen Sie den deutschen Kardinälen
für Oberst Ratzinger
als Papst
sei es noch zu früh
er ist erst 80
meine Präferenz gelte den Franzosen
Kardinal Lustiger aus Paris
käme in Frage
leider ist er schon tot
ich habe ihn gut gekannt
er hatte einen exzellenten
Château Neuf du Pape im Keller
er kannte sich mit den Medien aus
am Fernsehen trug er jedes Jahr zu Ostern
ein schweres Holzkreuz aus Pappe

später ein noch grösseres aus Styropor
den Montmartre-Hügel hinauf
zum Sacré Coeur.
Paris steht gut da mit dem Sacré Coeur
der grossen Kathedrale über der Stadt.
Die Chinesen haben nur die Grosse Mauer
mehr haben die nicht
Die Südamerikaner und die Afrikaner
sind immer gut aufgelegt
lachen andauernd
verstehen den Ernst der Religion nicht
ich meine den Todernst
ich bin schon für eine angenehme
sogar eine folkloristische Religion
aber nicht eine zum Lachen.
Am besten als Papst wäre dann doch ein Deutscher.
Die Deutschen waren nach Mussolini nicht mehr in
Rom.
Sie lachen schon mal
aber sie meinen es nicht so
ein Deutscher lacht nie wirklich.
Die Polen sind da gleich
aber wie gesagt, die polnische Karte ist ausgespielt.

*Beide prosten mit Schnapsgläsern, die sie mit
einem Schluck leeren und dann rückwärts ins
Nichts werfen*

Also prost auf Ratzinger!
Er zeigt zwar heute wohl noch
beim Gehen
und beim Segnen
eine jugendliche Bewegtheit,

die nicht zum Ernst eines Papstes passt.
Mit zunehmendem Alter wird er sich wohl etwas
beruhigen.
Ich selber wäre jetzt am liebsten Buddhist,
dann hätte ich ein zweites Leben
und käme als Papst zurück.
Nastarovie!
Nastarovie!
Werfen wir die Gläser
hinter uns
ins Nichts.

singen ein polnisches Trinklied

Im Himmel

Klingeltöne

PETRUS
Komm ja schon *(öffnet):*
Ich begrüsse Sie an der Himmelspforte.
Heiliger Bimbam!
Der Papst!

PAPST *(in voller Montur)*
Heilig bin ich noch nicht!
Bei der Verteilung der Heiligenscheine
brauch ich noch die FIFA-Stimme der obersten Liga!
Haha!
Petrus! Petrus!

*stürzt sich auf Petrus zur Umarmung und
zum Bruderkuss*

Ich kenne Sie aus der Bibel.
Immer noch derselbe.
Seemannskappe.
Das Fischernetz über der Schulter.

PETRUS *(umarmt; aber wehrt den Kuss ab)*
Keinen Zungenkuss
wollte schon Breschnew mit mir machen.
Aber wir können auf Du machen
unter Kollegen.
Ich kenne dich natürlich vom Fernsehen her
auf allen Kanälen
in allen Ländern..

PAPST
Ausser Russland!

PETRUS
Gute Arbeit da unten!
Jesus wird zufrieden sein,
wenn ich ihm deinen Lebensbericht abgebe...

schaut in sein grosses Buch

ausser der Masturbationen im pubertären Alter
ist da nicht viel zu sagen.
Ausser die Sache im Kloster
mit den jungen Mönchen.

PAPST
Alles ist gebeichtet.
Für jedes Mal gab's ein Vaterunser.

PETRUS
Ich sehe, es sind viele Vaterunser.
Schwamm darüber.
Vor allem gibt's da
keine Frauengeschichten
das ist wichtig.
Sehr wichtig.
Ich sehe nur Messdiener.

PAPST
Lange vorbei.
Die sind heute schon gross und erwachsen.
Und sie können nicht sagen,
es habe damals weh getan,

sage ich immer.
Glauben Sie mir
es war wie ein göttlicher Drang
zumindest habe ich es so in mir gespürt

PETRUS
Eigentlich solltest du
meinem Buch nach
erst nächstes Jahr kommen.
Angeschossen im Papamobil
durchs offene Fenster
am Ende der Südamerikareise
in Patagonien.
Operiert
an König Ubus Universität,
deren Pataphysiker
sich einen Namen gemacht,
indem sie die Oberfläche Gottes genau
berechnet haben.
Der Beweis hält heute noch
und entspricht Einsteins Relativitätstheorie,
Gott würfele nicht.
Du wärst am dritten Tag nach der Operation an
Sepsis gestorben.
Professor Bertolami war notfalls
eingeflogen worden.
Absolut katastrophale Zustände.
Operation im Hörsaal
vor versammelten kranken Schwestern
und einer Horde von Fotografen,
Fernsehübertragung.
Der Professor operierte unsteril,

er hätte sich die Hände vor der Operation
waschen sollen,
nicht nachher.
Du wärest am dritten Tag nach der Operation
an Übersepsis gestorben
und in den Himmel gefahren.
Professor Bertolami kann nicht operieren.
Er ist eine Null.

PAPST
Ich kenne ihn.

PETRUS
Wir auch.
Er schickt uns viele Patienten.

PAPST
Warum musste ich denn heute schon kommen?

PETRUS
Es macht sich Neues.
Schneller als erwartet.
Die Welt steht Kopf.
Gott macht sich Sorgen.
Die Ungläubigen schlagen zurück.
Der reinste Terror.
Wir müssen alles weitere besprechen.
Entschuldige für das vorzeitige Aufgebot,
Aber du bist unser Botschafter,
unser Fels da unten.

PAPST
Nicht so schlimm.
Ich war bereit
ich trug immer Öl und Vaseline bei mir.

PETRUS
Wenn das alle tun würden
gäb's weniger Kriege.

PAPST
Warum?
Ich verstehe deinen Gedankengang nicht?
Zeig mir lieber den Garten Eden,
Petrus!
Ich möchte sehen, ob alles stimmt
wie's in der Bibel steht.

Beide machen sich plaudernd auf den Weg

PETRUS
Es ist nicht mehr das grüne Paradies
wie zu Zeiten Adams und Evas.
Die Schlangen sind ausgestorben.
Die Palmen sind verdorrt.
Es war ein heisses Jahr.
Die höchsten Temperaturen seit der Messung
des Paradieses.
Es sieht aus wie eine Wüste.
Fast keine Regenwolken mehr.
Die letzten Kumulus
habe ich gestern den Italienern runtergeschickt.
Rom geflutet.
Haha!

Wir stehen diesen Sommer über Frankreich
sehen bis hinunter auf die Côte d'Azure.
Nizza.
Die Provence.
Gott liebt Frankreich.
Maria liess er deswegen in Lourdes erscheinen
nicht in Polen wie vorgesehen
das war ihm ein Anliegen.

PAPST
Was hat die Jungfrau Maria eigentlich gesagt?
Die drei Kinder im Wald haben sie nicht richtig
verstanden,
sie hat scheint's nicht französisch gesprochen.

PETRUS
In Lourdes
sagte Maria nur fünf Worte:
Wo geht's hier nach Avignon?
Übrigens
wie war die Auffahrt?
Hast du uns gleich gefunden?

PAPST
Der Raketenaufstieg durch die Wolkendecke
bis in die Stratosphäre hinauf
war ruppig.
Der letzte Teil im Lift war angenehm.
Auch die Sicht war gut.
Auf den braunen Planeten.

PETRUS
Viele Menschen haben Angst vorm Sterben
aber, siehst du
es ist nicht der Rede wert
nur ein Katzensprung.

PAPST
Ich begrüsse das Himmelreich.
Knie mich nieder
und küsse ...

PETRUS
Nein!!!
Nicht küssen!!
der Boden ist schmutzig

PAPST *(spuckt)*
In der Tat!!
Ich habe die Böden
aller Flughäfen der Erde,
ausser Russland,
geküsst.
Ich bin Fachmann sozusagen
der Zungenbodenproben
aber ich muss sagen
dieser Boden hier
schmeckt nicht gut.

PETRUS
Es ist die Hölle.

*Ein ordentlich gekleideter Mann, einem Beamten
ähnlich, mit Sakko und Krawatte, steht vor
dem Hölleneingang*

Darf ich vorstellen:
Mephisto!
Wie du siehst
es gibt ihn also. *(stellt vor)*
Johannes Paul II.
Genannt Wojtila.
Aus Polen
drum der komische Name.

PAPST
Ich kenne dich aus der Bibel,
du bist der Teufel.
Du hast alle Leute verführen wollen
in verschiedenen Rollen
als sogenannter Freund:
Als Kundenberater der Banken.
Als Autoverkäufer.
Als sogenannter Hüter der Messdiener.
Sogar Jesus bist du angegangen
in der Wüste
als er fasten und beten wollte.
Nach zehn Tagen des Fastens hatte er
einen Albtraum.
Er sah ein Schaf,
ein Schaf im Wolfspelz.
Er hat dich sofort erkannt
und sagte:
Du bist der Teufel!

Führe mich nicht in Versuchung.

PETRUS
Mephisto steht hier vor dem Hölleneingang
und macht uns eine Führung.
Haha!
Er geht mit dem Dreispitz voraus
und wir folgen ihm.
Diese Gruppenführung macht er allen Gästen,
die neu ankommen
aber noch bis zur Eröffnung des Betriebes
auf ihr Urteil warten müssen.
Jesus macht:
Daumen rauf
Daumen runter
Haha!! Haha!!
Mephisto ist ein guter Kerl.
Ich bin Feuer und Flamme für ihn.
Ich hab' mich an ihn gewöhnt.
Er ist nicht schlechter als alle andern.
Pass jedoch haarscharf auf, Johannes!
Was er sagt,
stimmt nicht.
Es stimmt das Gegenteil.
Aber nicht immer.
Recht teuflisch ist er.
Er steht nicht nur hier
wie du ihn siehst,
sondern überall kann er sein,
als ein anderer
und hat's mit jedem.

MEPHISTO
Bin Mephisto
Hallo Hallo!
Und zitiere Goethe:
Alles was entsteht
ist wert
unterzugehen
Die riesigen Höllenhalden,
die du mein Freund
hier siehst..

PAPST
..es ist kalt
der Durchzug!

MEPHISTO
.. sind noch nicht angefacht.
Wir lüften gerade.
Stickige Luft.
Verschimmelt und rostig die Geräte.
Alles nicht benutzt.
Die grosse Zeit steht erst bevor.
Wollt ihr die grosse Zeit??!!
Jaaa!! Jaaa!!
KZ-Öfen aus Deutschland.
Erschiessungswände.
Gaskammern.
Schmiede-Essen.
Schmiedeeisengelenkfessel.
Die Folterbänke
haben wir aus dem Mittelalter übernommen.
Flaschenzüge.

Hämmer. Zangen. Pressen.
Tauchbecken.
Guillotinen
noch von der Inquisition.
Steinschleudern. Mörser.
Dampfkessel. 1oo Grad Saunen.
Feuersbrunstanlagen.
Erstickungssäcke
und Waterboarding
aus den USA
und elektrische Stühle.
Todeswartezellen.
Ernüchterungsanlagen für Alkoholiker,
das tut weh.
Leere-Schwimmbecken-Hochspringtürme
für Sportler.
Und hier das Schlimmste:
Flughafenwartesäle.
Alles schon da gewesen.
Vor allem nichts Neues,
wie du siehst,
steht so geschrieben.
Aber nur die wenigsten haben das Alte Testament
wahrgenommen

PAPST
Bei dieser Kälte
kann ich mir die Feuersbrünste
gar nicht vorstellen.
Kann denn das hier die Hölle sein?

MEPHISTO

Angezündet wird erst zum jüngsten Tag.

Wir machen natürlich regelmässig eine
Feuerwehrprobe.

Die Hölle liegt neben dem Paradies,

die Flammen dürfen nicht übergreifen.

Das Datum

musst du Jesus fragen.

Er allein bestimmt

den Zeitpunkt

des grossen Klassentreffens.

Alle Menschen

die jemals auf dieser Welt gelebt haben,

ich meine nach Christi Geburt,

die andern haben einfach Pech gehabt,

müssen noch einmal antraben

als Baby, wenn sie jung

und als Greis, wenn sie alt gestorben sind.

Eigentlich weiss man nicht

was man wählen soll?

Wenn man als Greis wiederkommt

und der Vater ein Kind ist,

gibt's Probleme,

man kann sich das nicht vorstellen

es macht ja auch keinen Sinn

aber es ist nun einmal so.

PETRUS *(klopft dem Papst auf die Schulter)*

Einige Gerüchte sind bis zu uns hier oben
durchgesickert.

Viele Menschen glauben,

der Tag des Jüngsten Gerichts werde bald kommen,

und die Erde
so wie sie heute ist
ein Ende haben.
Die orthodoxen Juden glauben fest,
die Apokalypse gäb's morgen schon,
also nächsten Montag.
So steht's in der Thora!
Dem Mayakalender nach haben wir noch
sechs Monate Zeit!
Der amerikanischen Teeparty nach noch
sechs Jahre
bis zur Erlösung,
worauf sich alle Amerikaner
eine Erlösung herbeisehnen.
Die Japaner glauben an sowas überhaupt nicht.
Sie reden ja auch eine Sprache
die niemand versteht.
Ich persönlich hege die Vermutung,
dass Jesus langsam die Geduld verliert.
Ich glaube ich sehe wie ein Wetterleuchten.
Wir verabschieden uns, Mephisto.
Bis nachher.
Ciao.
Ich führe meinen Kollegen Johannes noch durch
das Paradies.

MEPHISTO
(küsst den hingestreckten Ringfinger des Papsts)

Auf Wiedersehen!
Bis bald!

Im Paradies

PETRUS
Siehst du, Johannes!
Praller Sonnenschein.
Blauer Himmel.
Die Luft ist heute klar.
Oasen mit Quellen
aus denen Manna fliesst.
Hohe Palmen mit Kokosnüssen.
Die wiegen bis zu 6 Kilo.
Musst aufpassen.
Von dem her aber ist deine Mitra
ein guter Kokosnussschutz.
Haha!
Die einzige Gefahr im Paradies
sind eigentlich nur die Kokosnüsse.
Die Trauben hängen bis zum Mund herunter
für die Muslime.

PAPST
Ich dachte, Allah habe denen Jungfrauen
versprochen.

PETRUS
Bei den im Koran erwähnten Jungfrauen
handelt es sich um weisse Trauben.
Es ist ein Übersetzungsfehler aus dem
Alt-Hebräischen Urtext,
den man nicht mehr rückgängig machen kann.
Wenn du dich in die Luft sprengst,
kriegst du 5 Kilo weisse Trauben,

nichts anderes.
Ich glaube
mit den versprochenen Jungfrauen
hat Allah jetzt ein Problem.

Man hört zwischendurch ein Poltern und Krachen

Die Männer
die du im Schatten dieser Bäume
in braunen Kutten kniend
mit gefalteten Händen
betend siehst
sind Heilige
die nach der Heiligsprechung
laut Dogma
direkt in den Himmel gefahren sind.
Sie hätten ja später mit allen andern
kommen können.
Nun müssen sie bis zum Jüngsten Tag
beschäftigt werden.
Sie beten den ganzen Tag,
was sollen sie sonst tun?
Ihr Unterhalt ist natürlich günstig.
Sie essen praktisch nichts.
Eine Hostie morgens
ein Glas Manna am Abend
das ist alles.
Vor allem keinen Verschleiss an Jungfrauen
sie fühlen sich sehr wohl dabei,
nichts anderes gewusst.
Diese Heiligen haben
ausser der kaputten Kniegelenke
keine Gebrechen.

Die Kniearthrosen werden von Mutter Theresa
gepflegt.
In ihrer Sprechstunde
heben die Heiligen die Kutte etwas hoch
bis zum Knie,
mehr nicht.
Dahinten siehst du ihr Lazarett.
Nachts für Notfälle geöffnet.
Mutter Theresa kennt keine Müdigkeit.
Da sie nichts von Medizin am Hut hat,
nie was davon gehört
und es hier oben sowieso keine
Rheumamedikamente gibt
empfiehlt sie gegen die chronischen
Kniebeschwerden
das Beten im Stehen.

PAPST
Was bedeutet dieses Poltern und Krachen?

PETRUS
Das sind die Engel
die runter krachen
Siehst du am Himmel.
Wie voller Schwalben
im Flatterflug.
In der Tat sind es Engel
die wieder fliegen lernen
die die Gläubigen auf Erden
auf Schritt und Tritt begleitet haben
und dabei verunfallt sind.
Von einer Leiter gefallen.

Auf einem Zebrastreifen in ein Auto gerannt.
Auf einer Bananenschale ausgerutscht.
Meistens haben sie gebrochene Flügel.
Da Engel nach Dogma
unsterblich sind
müssen sie rezykliert werden
wieder lernen
in den Beruf einzusteigen.
Keine Invalidenversicherung!
Haha!
Simulanten werden deswegen hart bestraft:
sie müssen einen Monat in Behandlung zu
Mutter Theresa.
Seit sie das wissen,
gibt es keine Simulanten mehr.
Sie schätzen das Fliegen im Freien umso mehr.
Engel sind schwerer als Schwalben
das muss man wissen.
Ein Durchschnittsengel wiegt 17 Kilo.
Adipöse Engel bis zu 70.
Die schicken wir dann auch zu Mutter Theresa,
dort sind sie schnell wieder auf Normalgewicht.
Was du da krachen hörst
sind die gefallenen Engel.
Siehst du dort am Weg entlang
die Apfelbäume in rosa Blüte
die Blust! *(ein Kracher)*
Schau!
Da ist ein Engel in den Baum geplumpst,
bleibt im Geäste hängen.
Lässt rosa Blüten schneien.
Ruft zum Engel im Baum

Ich habe dir gesagt
du bist kein Kamikaze
du musst aufpassen
langsam landen
langsam!
Das Fahrgestell rausgeben.
Bleib so hängen!
Mutter Theresa bringt dir eine Leiter. *(zum Papst)*
Ich kenne diesen Engel
er stürzt seit Jahren ab
wird das Fliegen wahrscheinlich nie mehr lernen.
Er hat in den 70er Jahren
einen gebrochenen Flügel abbekommen
ein komplizierter Bruch war's
nicht primär verheilt
bei einem Autounfall in den USA
wo Senator Ted Kennedy
in den frühen Morgenstunden
mit seinem Chrysler
und seiner Sekretärin am Beifahrersitz
in einen Abhang stürzte
das Auto sich ein paar Mal überschlug
und im Fluss Chapadiquickfick
landete.
Kennedy und seine Sekretärin blieben unversehrt.
Kennedys Schutzengel musste hinten sitzen
wo er nicht angeschnallt war.
Johannes, siehst dort am Brunnen
die strickende Frau im weissen Gewand sitzen?
Es ist die Jungfrau Maria.
Sie strickt Strampelhosen für das Jesuskind.

PAPST
Die Mutter Gottes!
Ich erkenne sie.
Absolut so wie in Lourdes!
Über dem Kopf der gelb leuchtende
EU-Sternenkranz!
Kannst du mich ihr vorstellen!
Bitte!
Bitte!

PETRUS
Sprich sie nicht an.
Sie redet nicht viel und nicht gerne
sie ist kein Wasserfall
sie liebt eher die Quellen.
An ihrem Erscheinungsort entstehen Quellen.
Am liebsten erscheint sie dort
wo schon Quellen sind.
Im Gespräch ist sie kurz gehalten:
Ein paar Begrüssungsworte
mehr nicht:
Wie geht's? Wie war der Tag?
Was macht die Gesundheit?
Wie geht's der Grossmutter?
In Polen sagte die Schwarze Madonna von Krakau
den folgenschweren Satz:
Alle Wege führen nach Rom.
Johannes!
Ein wahrhaft schwarzer Tag!
Haha!

PAPST
Darf ich ihr nur den Ringfinger hinhalten?

PETRUS
Nein!
Das mag sie nicht.
Sie fühlt sich sofort bedrängt
wird weggehen
und nicht mehr erscheinen.
Wir nähern uns hier dem Hauptquartier.
Ich werde dir die drei vom Himmelfahrts-
kommando vorstellen.
Haha!

PAPST
Ich freue mich
Gott endlich kennenzulernen.
Ich habe ihn nie gesehen.

PETRUS
Niemand hat Gott jemals gesehen.
Ausser wir im Himmel.
Ich bin Duzis mit ihm.

PAPST
Was macht er so den ganzen Tag?

PETRUS
Nichts

PAPST
Wie sieht er aus?

Ist er älter geworden?

PETRUS
Für ihn gibt es keine Zeit.
Wie bei Schneewittchen, sie ist ja auch nie
älter geworden.
Er sieht so aus
wie du ihn von den Rubens Bildern her kennst
an der Vatikandecke,
wo er dem Menschen seinen Finger hinhält.
Du kennst ja die Geste. *(streckt den Ringfinger hin)*

PAPST
Das Rubensbild find ich gut.

PETRUS
Ich auch.
So kann man sich ihn gut vorstellen.
Von Allah gibt es kein Bild.
Er wollte nicht.
Die Idee ist gut.
Gott und Jesus haben das verpasst.
Jetzt hat Gott immer einen Vollbart
Jesus ein Lamm am Arm
und Maria das Jesuskind am Schoss.
Der Teufel ist rot
hat eine lange Nase
und einen langen Schwanz mit Quaste.
Die Engel sind alle beflügelte Kleinkinder.
Die Heiligen tragen hinterm Kopf einen
Heiligenschein.
So!

Da wären wir
im Weissen Haus.

Gottvater. Jesus. Die tote Taube. Petrus. Papst.
Erzengel Michael

Hier ist Gott.

Der Papst kniet nieder und will den Boden küssen

GOTTVATER
Nein!!!!
Der Boden ist...!!

PAPST
Ich weiss.
Ich hab vorhin schon gekostet.

PETRUS
Jesus! *(Der Papst hält Jesus den Ringfinger hin,*
der ihn küsst)

JESUS
Mein Felsen auf Erden!
Was gibt's in Rom?

PAPST
Zu viele Touristen.

JESUS
Ich habe Sie am Fernsehen gesehen.

PAPST
Du kannst du zu mir sagen.

JESUS
Danke.
Du auch.
Ich habe dich am Fernsehen gesehen.
Du bist in allen Ländern gewesen.

PAPST
Ausser in Russland.

JESUS
Ich weiss davon.
Warum diese Scham,
einem russischen Präsidenten die Hand zu
schütteln?
Ich habe Huren die Füsse geküsst.

Papst kniet nieder, um Jesus' Füsse zu küssen

PETRUS
Lass das!!!!!
Du bist nicht Jesus.
Nur sein Stellvertreter im Vatikan.

PAPST
Nein.
Im Sommer bin ich in Castelgandolfo.
Mit Schwimmbad und Tennisplatz.

JESUS
Ich weiss.
Ich habe dich dort Tennis spielen gesehen.
Gegen Björn Borg.
Am Fernseher.

PAPST
Ich habe gewonnen.
6–0 / 6–0.
Ich glaube, er hat mich gewinnen lassen.

JESUS
Ich liebe Tennis.
Hier oben ist bisweilen nichts los,
ich langweile mich.
Ich würde gerne gegen Björn Borg Tennis spielen.

GOTTVATER
Björn Borg hat den Tennisarm
er spielt schon lange nicht mehr.

JESUS
Vater!
Lass mich runter gehen!
Nur ein Jahr!
Ich würde die ATP Weltrangliste auf den
Kopf stellen.

GOTTVATER
Du bist schon einmal unten gewesen.
Und das ging schief.
Sie haben dich gekreuzigt.
Ich will das kein zweites Mal.
Spiel mit Petrus.

JESUS
Petrus spielt nur Boule
Pétanque

Das ist alles was er kann.
Pastis trinken.
Er ist wie du ein richtiger Franzose.

GOTT
Du hast recht.
Ich fühle mich hier wie Gott in Frankreich.

JESUS
Das hast du schon gesagt.
Du wiederholst dich in der letzten Zeit.
Wir haben's gecheckt.
Glaube mir.

PETRUS
Und hier noch der Heilige Geist
(zeigt auf die tote Taube im Käfig)

PAPST
Ich kenne die Taube
aber im Flug
mit aufgeschlagenen Flügeln
Warum ist sie im Käfig?

PETRUS
Sie würde sofort davon fliegen.
Ein freiheitsliebender Geist.
Sie war immer im Käfig,
seit ich sie kenne.
Rubens hat auf seinen Altarbildern
den Käfig einfach weggelassen,
weil die Käfighaltung den Betrachter an

die Inquisition erinnert hätte.
Amnesty protestiert heute sowieso
gegen Käfighaltung. *(Papst geht mit gespreizten
Armen auf den Käfig zu, den Ringfinger hinhaltend)*
Nein!!!!
Pass auf
der ist heute nicht gut drauf.
Der hackt dir den Finger ab!
Bleib stehen, wo du bist.
Der da im Käfig spielt nur den Toten.
Macht sich nur lustig über dich.
Der will nichts anderes als raus
und rumfliegen.

GOTTVATER *(zum Papst)*
Nimm doch Platz.
Erzähl uns
wie die Reise war!

PAPST
Die Beschleunigung
über die zweite Schallmauer hinaus
hat mir fast die Trommelfelle verrissen.
Auf Satellitenbahn
angelangt,
ging es dann wieder gut.
Wie hoch sind wir eigentlich hier oben?

GOTTVATER
Nicht sehr hoch.
Auf der ersten satellitenfähigen Umlaufbahn.
Von noch höher oben

könnte ich mit blossem Auge
nicht mehr unterscheiden,
was da unten passiert.
Wir haben zwar
die Satellitenbilder der NASA
zur Verfügung,
aber ich muss noch genauer
hinsehen können.
Auf den NASA Bildern
kann ich nicht unterscheiden
ob jemand da unten masturbiert
oder nur über die Strasse läuft.
Zur Not
siehst du
habe ich hier
das ausziehbare
grosse Navigationsfernrohr,
mit dem du alles siehst
auch nachts
das uns Kapitän Haddock mitgebracht hat.

PAPST
Und damit siehst du nachts?!

GOTTVATER
Ja.
Bis nach Polen.
Ich erinnere dich
an deine Warschauer Studentenjahre
im katholischen Wohnheim
als du nicht einschlafen konntest.

PAPST
Ich weiss.
Ich weiss.
Ich war ja aber auch nicht allein.
Wir waren sieben Theologiestudenten
in einem Schlafraum.
Jugendsünden!
Schon lang gebeichtet,
vergeben
und vergessen.

PETRUS
Mach dir nichts draus.
Uns Jüngern ist das auch passiert.
Aber wir waren nicht sieben
sondern zwölf.
Für Männersachen
solange keine Frau dabei ist
kommst du nicht in die Hölle

TAUBE *(Stimme der toten Taube)*
Wie ist es denn bei den Messdienern?
Nicht Frau
Nicht Mann

PETRUS
Halt den Schnabel.
Blöde Kuh.

PAPST
Ich freue mich auf jeden Fall
Euch hier oben endlich zu sehen.

Alles bekannte Gesichter.
Und die Heiligen! die im Paradies rumsitzen.

GOTTVATER
Heilige waren bis jetzt nur wenige da:
Die paar Apostel.
Franz von Assisi,
der zu den Tauben schaut,
dass ihnen nichts passiert,
zu unseren Katzen,
zu unseren Kühen, die Manna geben,
mit den Tieren redet.
Mutter Theresa
sie führt das Krankenasyl.
Alte Propheten natürlich.
Der blinde Jesaya
dem 700 v. Chr. eine Schwalbe beim Sturzflug
in die Augen geschissen hat.
Seit er bei Mutter Theresa in Behandlung ist,
sieht er wieder Umrisse.
Hell und Dunkel.
Er bewegt sich frei,
ohne Stock,
an den Kokospalmen vorbei.
Eine Kokosnuss auf den Kopf
wäre folgenschwerer
als ein Vogelschiss in die Augen.
Dann noch ein paar ältere Heilige,
aus dem Alten Testament.

PAPST
Was du nicht sagst!

Ich allein habe dir
in meinem Pontifikat
ungefähr 5000 Heilige
und ein paar Frauen raufgeschickt.
Wo sind die alle?

PETRUS
Wir wissen es nicht.
Sie sind verschwunden.
Keinen gültigen Pass.
Kein Platz für 5000.
Der Himmel
den Gott vorgesehen hatte
ist klein
so gross...
wie Belgien.
Und stelle Gott keine Fragen.
Vielleicht hast du zu viele Heilige geschickt.
Überflüssige.
Du bist übrigens auch noch nicht im Himmel!
Vielleicht schickt dich Jesus ja
beim Letzten Gericht
in die Hölle. *(nimmt den Papst um die Schultern)*
Du warst nämlich nicht bescheiden.
Eine Todsünde bei Päpsten!
Jesus hatte sich in die Wüste zurückgezogen,
gebetet
und gefastet.
Du hast einen dicken Bauch
wie Pater Pio
angeblich nur vom Hungern
und Hostienessen.

Du bist in aller Welt rumgeflogen.
Du hast dich zelebrieren lassen
vor den Menschenmassen.
Es gibt kein Land
das du nicht mit Pomp
und Firlefanz
besucht hättest.
Ich sage dir
Gott aber ist intim,
in deinem Herzen.

PAPST
Stimmt nicht ganz.
Ich war nicht in Alaska
Grönland
und nicht in Russland...

PETRUS
Du hältst dich aber für den Papst, nicht wahr?
Im Traum hattest du jedoch manchmal Zweifel
doch nicht der Papst zu sein,
den Jesus auf diesen Felsen gesetzt hat.
Solche Albträume verfolgen alle Päpste.
Immer wieder mal befällt sie der Zweifel:
Und wenn alles nicht wahr wäre?
Ist es nur ein Spiel?
Ein Theaterspiel?
Ich bin der Papst, der Papst, Papst.
Wer sagt hier
ich sei nicht der Papst?
Du siehst den Papst
im Spiegel,

nicht dich.
Du trägst Purpur.
Weite Röcke.
Ein rotes Käppi.
Louboutin-Designerschuhe mit roten Sohlen.
Eine mit goldbestickte Mitra.
Einen Platinfingerring.
Du hast den Papst als Rolle gespielt
wie ein Schauspieler.
Wie der Tenor im Rigoletto.
La donna è mobile,
mit Rock,
und Ballettschuhen.

PAPST
Habe ich nicht gut gespielt
und getanzt?

PETRUS
So gut wie man Verdi halt spielen kann.
Du wolltest glauben machen,
der VertreterGott zu sein.
Und alles Volk,
das dich am Petersplatz bejubelte,
verfalle in Glanz und Gloria
deinen Theaterauftritten.
Deine Arroganz
ist deine Todsünde.

Donald Duck stürzt herein. Motorisch überdreht.
Schüttelt allen die Hand.

DONALD *(zu Gottvater)*
Ich wusste,
du stehst im Frühling über Frankreich!
Da komm ich schnell Grüss Gott sagen.
Bien le bonjour!
Monsieur!
Den ganzen Tag Disneyland in Paris.
Ich bin geschafft!
Kaum zu glauben
hunderttausend Wochenendbesucher.
Alle nur wegen Mickey Mouse,
nicht meinetwegen,
einmal im Leben Mickey Mouse sehen.

TAUBE
Einmal eine Jungfrau sehen!!

PETRUS
Schnabel!

DONALD *(zum Papst)*
Hey man!
Cool!
Wer bist du?

PETRUS
Ich bin der Papst.
Der einzige GottVertreter auf der Welt.
Wir haben im Vatikan zwar noch einen
Papst im Keller sitzen,
einen deutschen Reservepapst
Haha!

im Moment sind wir zwei.

DONALD
Deine Tracht find ich super!
Wer was für Entenhausen.
Megageil!
Wo hast du die Ideen her?
Echt Klasse!
Der Faltenrock.
Die Farbenpracht...
und der Hut!!
Wäre toll für Disneyland in Paris!!
Wir suchen immer nach neuen Ideen.
Und deine Gestik!
Die Arme ausbreiten..
Die Luft mit der Handkante spalten
und alles segnen,
was daherkommt.
Die Kinder.
Die Anziani vom Pflegeheim.
Die Kühe.
Die Traktoren.
Die Harleys.
Ich habe dich am Fernsehen gesehen,
die Luft spalten.
Du musst in allen Ländern der Erde gewesen sein.

PAPST
Ausser...

PETRUS *(ruft)*
Johannes!

Du wiederholst dich.

DONALD
Und die Körperdrehung
über einen Fuss.
Wie Ballett.
Ein mittelalterliches Rondo.
Wunderbar.
Zeig mir mal deinen Hut...
Was ist denn das?

PAPST
Das ist eine Mitra.
Ich trag sie sogar beim Schlafen.
Oder beim Duschen
zum nicht nass werden
Haha!

DONALD
Dann ist sie wasserdicht
für mich wär das gut.
Als Ente bin ich viel auf dem See.
Gib mal her! *(setzt die Mitra auf)*
Die rutscht mir ja bis zum Schnabel.
Müsste der Hutmacher mir einnehmen.
Was macht ihr denn mit einem Papst,
der einen zu kleinen Kopf hat?
Hihi..!
Probier mal meine Mütze!
Wow!!
Steht dir gut,
zu klein,

du hast natürlich einen Dickschädel.
Bei uns Enten sagt man
einen Wasserschädel!
Meine ist eine normale Schiffermütze.
Blau mit weissem Band.
Poppig!
Mega in!
Supergeil!
Just wonderful!
Ich kann dir meine Mütze ausleihen,
gegen die Mitra.
Meine Leute hätten eine Riesenspass.
Deine auch!
Hihihi...

GOTTVATER
Wie geht's Mickey?

DONALD
Das totale Burnout!
Sie musste nach Florida
Golf spielen gehen.
Eine Woche richtig erholen.
Ich musste für Mickey einspringen.
Zwölf Vorstellungen am Tag.
Stellst du dir Disneyland in Paris ohne Mickey vor?!
Wäre schlimmer als ein Streik der Türsteher.
Ich! die kleine Maus spielen,
stell dir vor!
Mich in ihr kleines Kostüm hineinzwängen!
In die Maske mit der Poppelnase
und den grossen schwarzen Mausohren,

und die weissen Lederhandschuhe,
alles zu eng.
In dieser klebrigen Frühlingssonne in Paris.
Zwölf Stunden am Tag.
Eine Stunde Mittagspause.
Immer alle Aufstellen fürs Familienfoto.
Zusammenrücken.
Die Kinder.
Die Babys.
Noch ein Foto mit Omi und Opa.
Und ich immer das grosse Mickey Lachen drauf
Die Ohren rund und steif.
Die Enttäuschung
wenn die gewusst hätten
dass es gar nicht Mickey ist!!
Unter der Maske keine Maus
in Wirklichkeit nur Donald
der Einfaltspinsel
über den man lacht,
immer
den man nie ernst nimmt:
Der Volksunwillen in Paris!
Die Demo!
Die Panik!
Geld zurück!!
Aber sooo!
Obwohl ich nicht die richtige Mickey bin,
gehen alle glücklich nach Haus.
Erzähle Oma und Opa
du habest Mickey Mouse gesehen.
Ihr die Hand gedrückt.
Ein Familienfoto.

Geht schlafen Kinder!
Hopp ins Bett!
War ein langer Tag
ein grosser Tag
den ihr nie vergessen werdet.
Ihr werdet morgen in der Schule erzählen
was ihr erlebt habt
die andern Kinder giggerig machen
den Mund wässrig.
Wenn ihr einmal gross seid
erwachsen
werdet ihr erzählen können:
Als ich Kind war
habe ich einmal Mickey gesehen.
Die wahre Mickey Mouse.

PETRUS
Wer hat dann den Donald gemacht?
die Witzfigur?

DONALD
Tante Daisy
sprang für mich ein.
Für sie als Gans war's keine schwere Aufgabe.
Sie kannte die typische Bewegung
von klein auf
das Watscheln.

PAPST
Wenn ich mal fünf Tage im Bett liege...

PETRUS
Mit wem..?

PAPST
Mit der Grippe *(beide lachen)*
Haha!
dann habe ich einen Doppelgänger als Ersatz.
Mann kann der Menschenmasse am Petersplatz
nicht sagen:
der Papst hat heute Brechreiz
er kann nicht ans Fenster kommen,
Geht doch alle ins Kino,
für einmal,
ins Kino Santo Spirito um die Ecke.
Da läuft Ben Hur.
Irgendjemand verkleidet sich und stellt sich ans
Fenster
das Hände Hochhalten und das Segnen ist schnell
gelernt.
Am besten in dieser Rolle
ist mein Kammerdiener
mein ehemaliger Messdiener
daher kennt er das Zelebrieren
kann nicht jeder.
Es ist ja immerhin ein magischer Akt.
Ein Voodoo Tanz.
Es geht in diesem Fall nicht um meine Person.
Ich bin nur ein Mensch
Es geht darum
einen Papst zu spielen

DONALD

Ich versteh das schon.

In Wahrheit

bin ich ja auch

für die Leser meiner Comics

keine Gans,

sondern Donald.

Obschon ihnen klar ist,

dass ich tatsächlich eine Gans bin

wollen sie es nicht wahrhaben.

Ein Leben ohne Donald

oder ohne Papst

wäre nicht lustig.

GOTTVATER

Hier oben ist es ebenfalls nicht lustig,

nicht sehr lustig,

kann ich dir sagen.

Die Jahre vergehen

langsam.

Komm öfter rauf zu uns!

Sooft du willst.

Mit dir ist gut lachen.

Ich kann das nicht mehr.

Nach all den Jahren.

Du bist noch jung!

Ich habe deinen Vater

Walt Disney

noch gekannt

er war lustig

wir haben viel gelacht miteinander.

Wann ist er gestorben?

DONALD
1966
in Kalifornien.

GOTTVATER
Er hat dich geschaffen.
Ohne ihn
hättest du von dieser Welt nichts gewusst.

DONALD
Er hat mich geschaffen
und unsterblich gemacht.

GOTTVATER
Wenn du willst
kannst du bei mir übernachten.
Du schläfst ruhiger.
Es gibt zwar auch nachts das russische Bip-Bip.
Stört jedoch weniger als der Nachtlärm
über der Place Pigalle
der lauter und unerträglicher geworden ist.

DONALD
Ich muss runter zur Arbeit.
Mickey vertreten.
Sie ist total erschöpft.
Ist nach Florida Golf spielen gehen.
Zum Erholen.
Ein Burnout.

GOTTVATER
All das hast du mir soeben erzählt.

DONALD
Ist das wahr?
Ich glaube, Gänse altern schneller.
Sie wiederholen sich
und sagen immer dasselbe.
Gansheimer!

GOTTVATER
Wem sagst du das.

DONALD
Das hab ich just dir gesagt.
Hast du's vergessen? *(Gottvater steht auf und will weggehen)*

JESUS
Wo gehst du hin.

GOTTVATER
Ich muss mal.

JESUS
Das meinst du nur so.
Setz dich wieder hin.
Bleib schön da sitzen.

GOTTVATER
Ich habe Angst vor Alzheimer.

DONALD
Vergiss das.

GOTTVATER
Donald!
Du bist der lustigste Mensch den ich kenne!
Und der einzige,
der nicht vom Affen stammt!
Wie geht's deinen Neffen?
Den kleinen Schlingeln!

DONALD *(lacht)*
Tick, Trick und Track
sind 6, 7 und 8 Jahre alt.
Wie vor 60 Jahren
als mein Vater sie in die Welt
nach Entenhausen
gesetzt hat.
Sie sind wie du
jung geblieben!

GOTTVATER *(lacht)*
Die Dinosaurier habe ich leider nicht mehr erlebt.
Die waren vor mir schon ausgestorben.
Aber ich habe ihre Knochen gesehen,
die sind gross.
Jesus hat mich als erster erwähnt.
Vorher wusste man nicht so recht.
Die Propheten natürlich schon.
Man munkelte.
Ich war heiss erwartet natürlich.
Der weitsichtigste war Jesaja .
Er sass an einer Strassenecke
und eine Schwalbe im Sinkflug...

JESUS
Das hast du schon erzählt.

GOTTVATER
Die Schwalbe war in der Tat ein Bote Gottes.
Da sah der blinde Jesaja als erster Mensch
überhaupt
ins Jenseits hinein
und sagte:
Der Herr wird kommen.
Und euch richten.
Seit allzeit bereit.
Es wird nicht mehr lange dauern.
Vielleicht schon Morgen früh.

Der Kongress

JESUS
Petrus!
Ist alles bereit?

PETRUS
Ja, Meister.
Der Saal ist soweit voll *(schaut ins Publikum)*
Ein paar Behinderte von Mutter Theresa
kaputte Hüft- und Kniegelenke.
Schwerhörige.
Mutter Theresa selber lässt sich entschuldigen,
sie steht aber bereit für Notfälle
für kleine Herzinfarkte
da macht sie sofort eine Gesprächstherapie.
Die Jungfrau Maria ist noch nicht da,
wird heute Abend jedoch ein paarmal erscheinen.
Ich begrüsse Allah.
Sie sehen ihn nicht,
da es von ihm keine Bilder gibt.

ALLAH *(Stimme)*
Salam Aleikum!

GOTTVATER
Ich habe dich lange nicht gesehen, Allah!
Kollege.
Schön, dass du da bist.
Ich freue mich.
Was möchtest du trinken?
Jesus bricht Brot und trinkt Wein.

ALLAH
Ich trinke keinen Alkohol.
Ich trinke Tee.
Ich muss nur aufpassen,
dass Jesus ihn nicht in Wein verwandelt!
Haha!

PETRUS
Erzengel Michael wird uns
in den religiösen Diskussionsabend einführen.

ERZENGEL M. *(tritt ans Rednerpult)*
Ich bin Zeuge
Maria im Traum erschienen zu sein
mit der Mitteilung,
sie sei schwanger
aber nicht von Josef.
Das glaube sie gerne,
sagte sie,
denn ihr Mann habe sie bis jetzt verschont.
Sie sei Jungfrau geblieben.
Sie wisse nicht,
wieso sie schwanger sein könne.
Ich weiss, antwortete ich,
das sagen alle.
Aber in deinem besonderen Fall stimmt es.
Das Kind, das du im Bauch trägst,
ist nämlich Gottes Sohn.
Gott hatte keinen sogenannten Geschlechtsverkehr
mit dir.
Du bist tatsächlich Jungfrau geblieben.
Der göttliche Samen wurde dir eingeträufelt.

Wie Hustentropfen? fragte sie.
Man weiss so genau nicht, sagte ich.
Aber soviel steht fest,
du wirst in einem Stall gebären.
Neben einem Esel.
Muss mein Mann denn unbedingt dabei sein,
fragte sie.
Ja! sagte ich.
Wir brauchen ein schönes Familienfoto.
Du willst wohl nicht als alleinerziehende
Mutter in die Geschichte eingehen?!

PETRUS *(unterbricht)*
Michael!
Papst Johannes Paul III. *(der Papst hebt die Hand)*

PAPST
Ich bin Johannes Paul II.!
Ich möchte folgendes einwerfen:
In der heutigen
modernen Theologie
gehen wir davon aus,
dass Jesus nicht in einem Stall zur Welt
gekommen ist,
sondern in einem Spital
durch Kaiserschnitt,
ohne diesen wäre die Jungfernschaft
Marias aus heutiger medizinischer Sicht
nicht erklärbar.
Die Sectio caesarea
von Kaiser Julius Cäsar erfunden,
war damals gang und gäbe.

Papst Pius der IX.
oder der X. ,
ich weiss nicht mehr genau,
den ich im Jahr 2000
heilig gesprochen habe,
hat die Jungfräulichkeit Marias
in einem Dogma festgehalten.

ERZENGEL M.
Ich muss Sie leider unterbrechen, Papst Johannes
Paul XIII.
Das mit den Dogmen
ist halt so eine Sache!
Das Konzil von Konstanz
beschloss im Jahr 1614,
die Engel seien geschlechtslos,
weder Junge
noch Mädchen.
Vom dritten Geschlecht
das was die Engel heute haben,
konnten die Bischöfe damals
nur träumen.
Hier irrt das Dogma.
Am selben Konzil,
wurde beschlossen,
die Engel könnten auf einer Nadelspitze tanzen.
4 bis 6 Engel könnten dies gleichzeitig
auf der selben Nadelspitze tun,
ohne runterzufallen.
Ich kann Ihnen sagen,
wir haben das seither
immer wieder probiert,

aber es ging beileibe nicht.
Die Engel verletzten sich am dicken Zeh
und bluteten
teils massiv.
Sie fielen regelmässig von der Nadel,
haben sich beim Stürzen
die Glieder verrenkt,
und auch mal einen Flügel gebrochen.

PAPST
Ich bin Papst Johannes Paul II.,
nicht der XIII.,
wie Sie fälschlicherweise behaupten.
Dass Sie sich bei einem Nadelspitzensturz
die Schulter ausrenkten und der Flügel
gebrochen ist,
ist nicht glaubwürdig.
Das nimmt ihnen niemand ab.
Sie haben vielmehr einen Sturz aus grosser
Fallhöhe erlebt,
am Rücksitz eines Chryslers
in Amerika
in einem nicht angeschnallten Zustand
einen Abhang hinunter.
Sie haben ihr Überleben
nur dem Dogma zu verdanken,
dass die Engel unsterblich sind.
Aber ich werde trotzdem in Rom
bei unserer wissenschaftlich-theologischen
Abteilung den Antrag stellen,
beim Nadelspitzenzehentanz
die zulässige Fallhöhe neu zu bestimmen;

und bei der medizinisch-theologischen
Abteilung das Geschlecht der Engel
neu zu bestimmen.
So auch das fehlende Geschlecht der Heiligen
in Erwägung zu ziehen.
Die Heiligen sind womöglich nicht
geschlechtslos gewesen.
Vielleicht waren sie Menschen wie alle
anderen auch.

GOTT
Allah!
Was meinst du?
Sind die Engel
Buben oder Mädchen?

ALLAH
Solang sie verschleiert sind...

JESUS *(geht zum Rednerpult)*
Es geht hier schlussendlich um die Gretchenfrage:
Wie hast du's mit der Sexualität?
Schleier oder nicht Schleier
das ist hier die Frage
Ich habe Mephisto,
meinen Berater fürs Todsündenregister
um seine Stellung-nahme gebeten.
Mephisto!

*Mephisto, vor einem Spiegel sitzend, hatte sich in-
zwischen geschminkt. Gesicht weiss. Lippen
schwarz. Er begibt sich, mit Handschlag ans Redner-*

pult, vor eine grosse Leinwand, auf die er mit Filz-
stift zeichnen wird. Er zeichnet im Verlauf der Sze-
ne, in einfachen Linien (Ligne claire), einen weibli-
chen Ganzkörperakt in Vorder- und in Rücken-
ansicht. Und dann das Dreieck)

MEPHISTO
Ich arbeite eng mit Jesus zusammen.
Er führt vorne das Drei-Sterne-Restaurant,
den Himmel.
Ich fungiere hinten in der Küche als normaler
Koch und Grillmeister.
HiHi! Hihi!
Keine Angst!
War ein Witz!
Zum Aufheizen.
Die Liebe auf den ersten Blick!
Ist ein coup de foudre,
wie die Franzosen sagen.
Eros
der Sohn von Venus und Mars
ein halbwüchsiger
nackter
geflügelter Knabe
schiesst herum mit seinem Bogen.
Wie ein Blitz trifft sein Pfeil
seine Auserwählten.
Ob die sich vorher kannten oder nicht,
ist ihm völlig egal.
Meistens schiesst er auf Fremde,
zur Auffrischung des Blutes,
sollte es zu einer Geburt kommen.

Nach Eros' Pfeilschuss
ist die Annäherung der Getroffenen
schnell und brutal.
Wenn ein Ehemann
in dem Masse
und aus dem Nichts heraus,
mit heruntergezogenen Hosen
plötzlich über seine Frau herfiele,
würde diese zu ihm sagen:
Spinnst du?
Die Verletzten küssen und umarmen sich ,
so schnell es geht.
Werden schwach auf den Beinen.
Sex unterliegt der Schwerkraft
nichts anderem.
Die neuen Liebhaber
durch einen Blattschuss
im Herzen getroffenen
fallen hin
wie Angestochene im Schlachthaus.
Egal wo sie sich befinden
fallen sie hin
auf eine Matratze
dann haben sie Glück
alle Matratzen in den Schlafzimmern
sind lediglich da,
um das Fallen aufzufangen.
Wenn's aber überraschend kommt wie ein Donner-
schlag
passieren diese Stürze auch schon mal ausserhalb
der Schlafzimmer.
Auf hartem Boden.

In einer Putzkammer.
Einer Toilette.
In freier Natur beim Joggen.
Beim Hunde Gassi führen.
Beim Sonntagsspaziergang im Wald.
Ob's regnet oder schneit,
egal.
Ein heftiges Gewitter
mit Blitz und Donner,
umso besser.
Den Beteiligten wird immer heiss dabei
wie in der Sauna.
Keine Zeit
die Kleider mühsam aufzuknöpfen
und ordentlich im Schrank zu versorgen.
Sie werden runtergerissen.
Tempo. Tempo.
Kleider, die länger gehen,
werden anbehalten:
wie Krawatten.
Korsetts.
Nylonstrümpfe
und Wanderschuhe.
Die Ausgezogenen umklammern sich
wie Alpinisten vor dem freien Fall.
Nach dem Sturz,
soweit dieser ohne gröbere Verletzung
oder Verstauchung passiert,
hat die Liebe,
dieses uns von Gott geschenkte grosse Gefühl
der himmlischen Perfektion
der Unendlichkeit

verloren.
Sex kommt immer vor der Liebe.
Das im Paläolithikum
vom nordostkenianischen Menschenaffen
stammende Grundhirn
des heutigen Homo sapiens sapiens
löst einen Feuersturm
an Starkstromimpulsen aus
durch den ganzen Körper.
Der Leib fängt zu zittern an
und sich mechanisch rhythmisch
zu bewegen,
zu schütteln quasi
wie beim Veitstanz.
Der Elvis-Presley-Beckentanz:
Babaloo-Baby...
Babba-Bingbong..
Bangg-Bangg.
Babbaa..Babbaalu..
Bang/Bang/Bang.
Sprunghafte Steigerung
von Herzschlag und Blutdruck.
Dann die Blutleere im Kopf der Frau.
Das rote Gesicht beim Mann,
der sich ja sonst nicht viel bewegte.
Keinen Sport.
Die Ausschüttung der Schweissdrüsen.
All das können heute die Neurologen des
Max Plank Instituts
mit elektrischen Impulsen
bei Kaninchen auslösen.
Diese für einen Laien komplizierten Bewegungen

ein Kind zu machen
und die diversen Techniken dazu
sind im Kamasutra im Detail beschrieben.
Mit Bildern.
Die Missionarsstellung der Missionare in Afrika.
Die Löffelposition der Köchin beim Kochen.
Der einfache Lotus für Jogakurse.
Und hundert andere Stellungen.
Die Dinosaurier hingegen
haben sich ungestüm und brutal
schwerfällig eigentlich
übereinander geworfen,
nicht wissend, was das Ganze sollte.
Es musste schlecht ausgehen,
wie ein jeder weiss.
Eine im indischen Kamasutra nicht beschriebene
Technik
ist der Chinesische Schlitten
der von den Professoren
auf allen Weltkongressen der Sexopathen
als feinste 3-Sterne-Technik empfohlen wird
um das letzte Stadium der Glückseligkeit zu
erreichen
unser aller Ziel.
Den Chinesischen Schlitten praktizieren
ist natürlich einfacher
als ihn im Aufbau wörtlich zu beschreiben.
Wie Sie wissen
ist es schwieriger
den Beipackzettel eines IKEA-Möbels zu verstehen
als den Schrank einfach selber zusammenzu-
schrauben.

Im Notfall rufen Sie mich an!
Aus der Entfernung gesehen
ähnelt der Sitz wohl einer Schlittenfahrt,
in der Tat handelt es sich jedoch um eine
Fahrt ohne Schlitten.
Das Wort kommt aus der chinesischen
Zirkussprache.
Es geht nämlich um die akrobatische
Verknorkselung der Körper
die durchtrainierte Akrobaten der Pekinger
Zirkusschule
sogar auf einem gespannten Drahtseil
vollführen können
Ungeübte jedoch,
ohne eine Muskelverzerrung,
nur unter Wasser zu Stande bringen.
Es gibt wie beim Autofahren,
Verkehrsregeln .
Probieren Sie's zuerst mal in der Badewanne aus.
Die Annäherung des Mannes geschieht von hinten
so dass die Frau nichts kommen sieht
und sich dementsprechend auch nicht wehren kann.
Die Körperachse der Badenden
stimmt mit der Längsrichtung der Badewanne
überein.
Die Knie der Teilnehmer
sind um 90 Grad Celsius angewinkelt
und um 45 Grad gespreizt.
Beide Nacken stehen steif nach vor.
Die Köpfe senkrecht.
Der Mann schiebt den Schlitten an
und schon beginnt die Talfahrt

durch die weite schneebedeckte Tundra
wo kein Mensch mehr wohnt weit und breit
im Höllentempo über die Schneefelder rasend
unter dem gelben türkischen Halbmond
der von weit her im Nachthimmel strahlt
wie in 1001 Nacht.
Ein derartiger Sturzflug
macht eventuelle Zuschauer und Zeugen
eifersüchtig und wütend.
Als Hiob vor dem Mittagsbrot nach Hause kam,
so steht's im Alten Testament,
sah er seine Frau Sarah vornübergebeugt am
Kochherd stehend
vom Nachbarn von hinten genommen.
Hiob ward sofort eifersüchtig
und zertrümmerte die Kücheneinrichtung.
Seither nennt man dies eine Hiobsbotschaft.
(geht zur Leinwand und zeichnet)
Das Schönste
was Gott jemals erschaffen hat,
schöner als die Sterne am Himmel
ist Eva.
Er hatte bereits Adam gemacht
wusste wie's grundlegend geht,
und legte für Intelligenz und Schönheit
noch eins drauf.
Um sich die lästigen Probleme des Mannes
zu ersparen,
Adams Hang zur Masturbation,
liess er bei der Frau diese Stelle einfach weg.
(zeichnet das dreieckige Schamhaar)
An diesem Ort ein unscheinbares Dreieck.

Eine Falle?
Das sogenannte Bermudadreieck.
Ein geheimnisvolles Gestrüpp
in das man eintaucht und verloren geht.
Das CIA behauptet heute noch
dass im Bermudadreieck
ganze Flugzeuge samt Mannschaft
verloren gingen,
sie konnten selbst am Radar nicht mehr geortet
werden.
Zu den Verschollenen der Bermudas
gehören auch die Ehemänner,
die nicht mehr aufgetaucht sind.
Sogar fremde Liebhaber
sind plötzlich verschwunden gewesen.
Das Dreieck zieht an
von weit
es ist der unwiderstehliche Sog
der schwarzen Löcher.
Als Odysseus an der Sirenen-Insel vorbeisegelte
liess er sich von seinen Seefahrern,
denen er die Ohren mit Wachs zugestopft hatte,
an den Schiffsmast festbinden.
Als dieser Sog
das Gestöhne der Sirenen lauter wurde,
riss er die Stricke los
und zehn Männer mussten ihn halten
bis der Spuk vorüber war.
Als Gott im Paradies dem Adam
die nackte Eva vorstellte,
sie ihm einen Apfel hinhielt,
er ihr eine Banane,

eine Sache von Früchten,
hätte Gott den Adam sofort an die nächste Palme
anbinden müssen,
mit Seemannsstricken
fest verzurren
und ihn nie mehr loslassen.
Wir wären heute noch im Paradies.
Die Geschichte der Menschheit wäre anders
verlaufen.
Die Erbsünde erspart geblieben.
Nicht nur sie ist jedem von uns mit der Geburt
gegeben
sondern auch der sichere Tod.
Dieser ist natürlich die schlechteste aller
Überlebensstrategien.
Die Büchse der Pandora
die Verführung
war geöffnet,
die Katze aus dem Sack gelassen.
Die Geschichte der Menschheit verlief nun
wie wir sie aus dem Religionsunterricht kennen.
Eva war nicht mehr jungfräulich.
Gott machte ihr als ersten Sünderin den Vorwurf,
den Mann verführt zu haben.
Adam aber machte, als wisse er von nichts
und lief im Garten herum.
Eva erkannte ihre grosse Schuld:
Die Scham war geboren.
Wir Gläubigen dieser Welt
müssen das Übel an der Wurzel packen
und ausreissen.
Die Scham wird beschnitten

am besten mit einer Rasierklinge,
die man mehrmals gebrauchen kann,
und dann zugenäht mit einem Seidenfaden.
Der kleine Eingriff ambulant
am besten bei 10-Jährigen oder vorher.
Alle l0 Sekunden wird auf dieser Welt ein Mädchen
genitalverstümmelt.
Schmerzmittel sind nicht nötig,
die Mutter hält die Hand.

*Mephisto schwärzt nun seine ganze Zeichnung, den
Körperakt, mit groben Pinsel
sodass nur noch ein Kegel in schwarzer Burka da-
steht*

Der nackte Frauenkörper
schreit ja praktisch nach Vergewaltigung.
Das muss man sagen.
Aber eingekleidet und farblos in Schwarz
verstecken wir das Objekt der Begierde.
Auf der Strasse dreht sich niemand mehr um nach
der eingesackten Frau,
dem schwarzen Kegel,
ausser mal Passanten, die sich fragen:
Was ist denn das ?
Bei der Burka ist nur die Augenpartie ein Problem.
Ein kleiner Augenspalt muss naturgemäss
offenbleiben.
Irgendwie. *(zeichnet)*
Ein Nachteil der eingeschränkten Sicht:
Beim Überqueren der Strasse laufen die
Frauen vermehrt
unter ein Auto

einen Mercedes
oder in ein Kamel.
Dann haben die Scheichs eine Frau verloren
und es bleiben ihnen nur noch fünf.
Eine weitere Schwachstelle des Augenschlitzes
ist offensichtlich,
die Frauen können selber in die Welt hinaus
schauen
und ihr Blick könnte einen fremden Mann
treffen wie ein Pfeil.
120 Peitschenhiebe
auf den nackten Rücken
und darunter.
Falls die Frau den Liebhaber aufsuchen sollte,
gibt es eine Steinigung.
Ich schliesse hiermit mein böses Referat,
das Böse bin ich dem Teufel schuldig
und sage euch:
Alle Religionen sind vaginalfixiert
extrem frauenfeindlich
und sonst gar nichts.
Gibt es noch Fragen aus dem Publikum?

STIMME
Ist masturbieren eine Sünde?

MEPHISTO
Wenn sie es allein machen
nein

STIMME
Wird das Glied länger

wenn man immer daran zieht?

MEPHISTO
Ja und nein.
Es wird in der Tat länger
aber nur für kurze Zeit. *(zu Allah)*

Allah hebt die Hand
ALLAH *(nur die Stimme)*
Wir haben zur Zeit
ein technisch-organisatorisches Problem,
einen erhöhten Bedarf an Jungfrauen,
fast täglich steht ein Märtyrer da
und verlangt nach seinen 72 Jungfrauen.

MEPHISTO
Ich weiss nicht
wieviel Jungfrauen auf der Welt rumlaufen
sie kommen nämlich nie zu mir in die Hölle.
Da musst du schon Gott fragen.

GOTTVATER
Mein lieber Allah!
72 Jungfrauen sind viel
vor allem wenn jeden Tag ein Märtyrer
vor der Tür steht.
So viele Jungfrauen kenne ich selber auch nicht.

ALLAH
Ich dachte an die Nonnen
aus dem Mittelalter
die in den Klöstern rein geblieben sind

GOTTVATER
Mein lieber Allah!
All die Nonnen
Millionen davon
die sich im Lauf der Zeit
nicht beschmutzt haben
sind noch nicht hier oben,
wir müssen sie erst von den Toten auferstehen
und raufkommen lassen
sie am Jüngsten Gericht heilig sprechen.
Das Wiedererwecken von den Toten
gibt jedoch ein Problem.
Das Mittelalter ist ziemlich verweist,
bei den Geköpften der Inquisition
fehlt meistens der Kopf,
der verloren ging
Sag deinen Märtyrern einfach,
sie müssten noch warten
mangels..

ALLAH
Bei uns gibt es auch das Weltgericht
auf das wir warten müssen.
Aber bei den Märtyrern
gilt es Paradies sofort.
Nach dem ersten Knall
stehen sie schon hier oben.
Ich glaube, dass wir
im Koran
zuviel versprochen haben
und zwar:
Nie unzufriedene Jungfrauen.

Mit grossen runden Brüsten die nicht hängen.
Mit keuschem zurückhaltendem Blick.
Nicht menstruierend, nicht urinierend, nicht stuh-
lend und ohne Kinder.
Alle mit anregenden Vaginas.
Der Penis der Märtyrer wird nie erschlaffen.
Die Erektion wird ewig sein,
und die sexuelle Kraft haben,
100 Frauen nacheinander zu befriedigen.
Kein Problem indes sind die Märtyrerinnen,
die sich in die Luft jagen.
Sie fordern hier oben keine Jungfrauen
als Belohnung,
und keine hundert Männer.
Einen Mann aber kriegen sie als Belohnung zurück,
ihren Ehemann.

GOTTVATER
Ich glaube,
dass ich dir mit einer geeigneten
Lösung helfen kann.
Meines Wissens nach lässt sich die
Jungfernschaft wieder herstellen
und mehrfach benutzen.
Prof. Dr. Bertolami
vom Klinikum Santo Spirito in Rom,
führt schönheitschirurgische
Jungfernhaut-Operationen durch:
Neue Technik
ambulant
Lokalanästhesie,
es tut nicht weh.

ALLAH
Ei.Ei.
Ei.Ei.
Interessant.
Wie geht denn das?

GOTTVATER
Er näht
unter sterilen Bedingungen
mit Seidenfaden
eine Jungfernhaut ein
ein hauchdünnes Stück Prosciuto.

ALLAH
Geht das auf Kankenkasse?

GOTTVATER
Nimmt er normalen belgischem Schinken
geht's auf Krankenkasse.
Bei Privatpatientinnen,
die mehr zahlen
und selber zahlen müssen,
gibt es Parmaschinken.

ALLAH *(schreit)*
Ich verlasse diesen verfluchten Raum.
Du weisst sehr gut,
dass wir kein Schweinefleisch essen *(bevor er die Ausgangstür heftig zuknallt, ruft er):*

Arschloch!

Inzwischen ist Maria im Hintergrund, mal rechts,
mal links, erschienen.
Weisses Kleid. Mit blinkendem EU-Sternenkranz
hinterm Kopf als Heiligenschein.
Der Papst nähert sich jeweils der Erscheinung,
kurz aber bevor er am Ziel ist, verschwindet Maria

JESUS *(ans Rednerpult)*
Ich sage euch:
Als das Lamm das erste Siegel öffnete,
sah ich ein weisses Pferd.
Der auf ihm sass,
hatte einen Bogen.
Das Lamm öffnete das zweite Siegel.
Ich sah ein feuerrotes Pferd.
Und dem, der auf ihm sass,
wurde ein grosses Schwert gegeben.
Als das Lamm das dritte Siegel öffnete,
sah ich ein schwarzes Pferd,
und der,
der auf im sass,
hielt eine Waage in der Hand und richtete.
Wenn dich dein Auge zum Bösen verführt,
dann reiss es aus. Es ist besser für dich,
einäugig in den Himmel zu kommen,
als zweiäugig in die Hölle.
In den Himmel kommen nur die Männer,
die sich nicht mit Frauen befleckt haben.
Und die Weiber,
die nicht von Männern berührt waren.
Ich sage euch:
Von einer Frau nahm die Sünde ihren Anfang,

ihretwegen müssen wir alle sterben.
Nichts Schändlicheres gibt es als das Weib ,
durch nichts richtet der Teufel mehr Menschen
zugrunde
als durch das Weib.
Gott will keine Ehe mit fremdländischen Frauen.
Alle fremden Frauen
und die Kinder, die von ihnen geboren sind,
hinaustun.
Heiliger Franz von Assisi:
Wer mit dem Weibe verkehrt,
der ist der Befleckung seines Geistes ausgesetzt.
Heiliger Thomas von Aquin:
Die Frau ist ein misslungener Mann.
Der wesentliche Wert der Frau
liegt in der Gebärfähigkeit
und in ihrem hauswirtschaftlichem Nutzen.
Mädchen entstehen nur bei schadhaftem Samen.
Ich sage:
Verkehre nicht mit einer Saitenspielerin,
damit du nicht von ihren Tönen gefangen wirst.
Und nicht mit einer Dirne,
damit sie dich nicht um dein Erbe bringt.
Die lüsterne Frau verrät sich durch ihren Augen-
aufschlag,
an ihren Wimpern wirst du sie erkennen.
Wenn Zions Töchter hochmütig sind,
mit verführerischen Blicken daherkommen,
trippelnd daherstolzieren
und mit ihren Fussspangen klirren,
wird der Herr ihren Schmuck wegnehmen:
die Ohrgehänge

die Sonnen und Monde,
die Arm- und Fusskettchen,
die Prachtgürtel,
die Riechfläschchen,
die Amulette.
Die Fingerringe
und Nasenreifen.
Ich sage euch:
Ein schönes Weib ohne Zucht
ist wie eine Sau mit einem goldenen Ring
durch die Nase.
Frauen dürfen in der Kirche nicht singen.
Lieber mit einem Drachen zusammen hausen
als mit einer bösen Frau.
Die schweigsame Frau
ist eine Gottesgabe.
Wegen einer Frau
kamen schon viele ins Verderben,
sie versengt ihre Liebhaber wie Feuer.
Das Lamm öffnete das vierte Siegel,
da sah ich ein fahles Pferd
und der, der auf ihm sass,
war der Tod.
Als das Lamm das fünfte Siegel geöffnet hatte,
sah ich unter dem Altar die Seelen aller,
die wegen meines Wortes,
hingeschlachtet worden waren
und mit lauter Stimme riefen:
Herr!!
wie lange zögerst du noch Gericht zu halten
um unser Blut an den Ungläubigen dieser Erde
zu rächen?

Da wurden allen, die rein geblieben waren,
ein weisses Kleid gegeben
und ihnen gesagt,
sie sollten nur noch kurze Zeit warten,
bis die volle Zahl der Heiligen erreicht sei.
Und ich sah:
Das Lamm öffnete das sechste Siegel.
Da entstand ein gewaltiges Beben.
Die Sonne wurde schwarz wie ein Trauergewand
und der ganze Mond wurde wie Blut.
Die Sterne des Himmels fielen herab auf die Erde,
wie wenn ein Feigenbaum seine Früchte abwirft,
wenn ein heftiger Sturm ihn schüttelt.
Die Könige der Erde,
die Reichen und die Mächtigen,
verbargen sich in den Höhlen und Felsen der Berge.
Sie sagten zu den Felsen und Bergen:
Fallt auf uns und verbergt uns
vor dem Blick dessen, der auf dem Thron sitzt,
und vor dem Zorn des Lammes.
Denn der grosse Tag des Zorns ist gekommen.
Wer kann da bestehen?
Hagel und Feuer, die mit Blut vermischt sind,
fallen aufs Land.
Ein Drittel des Meeres wird zu Blut.
Das Wasser wird bitter
und viele Menschen sterben am bitteren Wasser.
Die Sonne, der Mond und die Sterne verlieren an
Leuchtkraft,
der Tag wird um ein Drittel dunkler.
Ein Engel fliegt hoch am Himmel
und ruft mit lauter Stimme:

Fürchtet Gott!
Denn die Stunde seines Gerichts ist gekommen.
Die ersten Freigekauften, die zu Gott aufsteigen,
sind die Männer, die sich nicht mit Weibern
befleckt haben:
sie sind jungfräulich geblieben
und ohne Makel.
Nicht gefüllt vom abscheulichen Schmutz der
Hurerei.
Das Tier wird die Hure hassen,
ihr alles wegnehmen, bis sie nackt ist,
ihr Fleisch fressen
und sie im Feuer verbrennen.
Ich sage euch heute:
Ich habe mir's anders überlegt.
Schreiben Sie sich Folgendes hinter die Ohren.
Ich habe die Nase voll.
Ich erwecke niemanden mehr von den Toten
Es macht keinen Sinn
Ich lösche einem jeden von euch einzeln
das Augenlicht auf Erden aus
Und lasse ihn allein im Dunkel der Nacht

*Der Papst war inzwischen einer letzten Mariener-
scheinung in der rechten Bühnenecke nachgegangen,
war auf einen Stuhl gestiegen und fällt just nach Jesus' Worten mit einem lauten Krach vom zusammen-
brechenden Stuhl polternd auf den Boden.
Maria verschwindet und der Papst bleibt tot liegen*

JESUS
Mein Gott!!

GOTTVATER
Der Papst ist tot!
Es lebe der Papst.

PETRUS

läuft zum Papst. Kontrolliert mögliche Lebenszeichen: Augen, Atmung, Puls, Herz.
Macht Herzmassage

Bleibt nur noch die Mund-zu-Mund-Beatmung!

Petrus sträubt sich anfangs, macht sich dann schweren Herzens an die Mund-zu-Mund-Beatmung.
Schreckt auf:

Schmeckt nach Flughafenerde!! *(läuft zu Jesus)*
Jesus!
Du hast den Lazarus von den Toten erweckt!
Bitte!

JESUS
Ich sagte soeben,
ich erwecke niemanden mehr von den Toten.

PETRUS
Bitte!
Nur noch einmal!
Der Papst sollte erst nächstes Jahr kommen,
...im Papamobil in Patagonien erschossen.
Jesus!
Bitte!
Ein letzte Mal.
Es ist der Papst!

JESUS
Okay.

Jesus, im wallenden weissen Rock, begibt sich vom Rednerpult zum Toten. Er kommt nur langsam vorwärts, fast gar nicht. Er macht den Moonwalk-Schritt: gehen auf der Stelle, mit gespreizten Bewegungen, so als bewege er sich auf dem Wasser

PETRUS
Schaut!
Jetzt geht Jesus wieder übers Wasser!

JESUS
Ich wate im Sumpf.
Das Tote Meer ist am Sterben.

PETRUS *(als Jesus angekommen ist)*
Meister!
Er ist tot.
Er riecht schon aus dem Mund.

JESUS
Okay.
Lass mich mal ran!
Papst Johannes Paul *(zu Petrus)*
.. der wievielte?

PETRUS
Ich weiss es auch nicht mehr.

Eine Krankenschwester, dieselbe Schauspielerin und Kleidung wie Maria, schiebt ein Krankenhausbett neben den am Boden liegenden Papst

JESUS
Papst Johannes!
Steh auf.
Und leg dich ins Bett.

Die Krankenschwester hilft dem Papst ins Bett
PETRUS *(zu Jesus)*
Das hast du gut gemacht.
Siehst du, es geht noch.
Gehen wir das feiern.
Wir stehen über Frankreich,
Dein Vater hat einen Pastis verdient
und er liebt diesen über alles
und dann noch einen Pastis
vor allem auf nüchternen Magen.

Während alle smalltalking verschwinden, rüstet die Krankenschwester das Spitalbett auf: Überwachungsmonitor. Infusion. Blutdruckgerät mit Handpumpe. Langsam ist die Bühne geleert, es bleiben der Papst und Maria, an seiner Seite sitzend, zu ihm gebeugt, seine Hand haltend

PAPST / MARIA:
– Sind Sie Maria?
– Ja.
– Ich glaube, ich liebe Sie.
– Bleiben Sie ruhig. Regen Sie sich nicht auf. Ihr Blutdruck!

– Ich bin zum ersten Mal verliebt.
– Ich auch.
– Sind Sie noch Jungfrau?
– Ja. Ich bin aus Sizilien. Wenn ich nicht mehr Jungfrau wäre, würde ich die Ehre der Familie beschmutzen. Mein Vater würde mich durch meinen Bruder umbringen lassen.
– Haben Sie einen eingeborenen Sohn?
– Ja. Ich bin alleinerziehende Mutter.
– Wie ist es heutzutage möglich, nach einer Geburt die Jungfernschaft zu behalten? Waren Sie bei Professor Bertolami?
– Ich bin immer noch bei Professor Bertolami.
– Ist es nicht verheilt? Hatten Sie Komplikationen mit dem Parmaschinken?
– Ich bin Vegetarierin!

MARIA
Herr Professor! Herr Professor!!
Kommen Sie!
Kommen Sie!
Der Papst ist aufgewacht!

Der Professor stürzt herein

Prof. Bertolami *(beugt sich über den Papst)*
Na Sie!
Alter Knabe.
Wenn Sie Maria nicht gehabt hätten,
die ihnen die Hand hielt
und Ihnen den Ringfinger küsste,
schon ganz rot vom Lippenstift,
der Ring.

Spass beiseite.
Ich habe Ihnen den Darmkrebs raus operiert
und die befallene Prostata auch,
die war so gross wie Evas Apfel. Hihi!!
Aber Spass beiseite.
Fünf Meter Darm weniger,
es bleiben Ihnen zwei Meter,
gibt weniger Gase
in die Stratosphäre.
Umwelt schonend. Hihi!
Ihr Stuhl wird aber genau gleich
aussehen wie vorher.
Ich meine den Stuhl in Rom!
Hihi!!
Spass beiseite.
Und Prostata brauchen die alten
Herren eh nicht mehr;
die Päpste sowieso nicht..
ein Dogma!
Hihi!!
Aber Spass beiseite.
Sie waren nach der achtstündigen Operation,
einen Tag lang im Koma.
Soll ich Ihnen ihren Darm zeigen?,
wir haben ihn draussen
in einem Glas.
Sie können ihn als Reliquie verwenden.
Koma ist ebenso schön wie eine Ewigkeit,
es kommt aufs Gleiche raus,
sagt man.
Der Unterschied ist,
dass Sie aus dem Koma manchmal zurückkommen.

Hihi!
Sie haben viel über den Himmel geredet.
Das kann Maria bezeugen,
sie hat sie in ihrem Arm gehalten.
(beim Hinausgehen)
Haben Sie schön geträumt?

PAPST
Ja!
Ich dachte schon,
ich wäre im Himmel.
Dabei waren es nur Träume.

PROFESSOR
Albträume, würde ich sagen.
Eindeutig Albträume.
Hat jeder mal hier unten.
Ich auch.
Ist eigentlich normal.
Gehört zur normalen Depression.

geht hinaus, schliesst die Tür. Schaut wieder rein:

Wir müssen den Papst feiern, Maria!
Meine Frau macht eine Woche Ayurveda in Indien.

MARIA
Was ist das?

PROFESSOR
Das sind fünf Tage Darmspülungen,
zur Entschlackung.
Darf ich Sie heute Abend zum Italiener einladen?

MARIA
Um wie viel Uhr?

PROFESSOR
Um neun.

MARIA
Ich werde pünktlich erscheinen.

Albert Mambourg

*1943 in Luxemburg, Frauenarzt, lebt seit 1969 in der Schweiz

BÜCHER:

Approches
Nouvelles Editions Debresse, Paris 1973

Le crime parfait
Nouvelles Editions Debresse, Paris 1975

Lise endlos lieben
Fouqué Literaturverlag, Frankfurt a. M. 1999

Laura
Verlag Op der Lay, Luxemburg, 2007

Philippe Schibig. Der Prinz vom anderen Stern
Herausgeber. Künstlermonografie.
Scheidegger&Spiess Verlag, Zürich 2010

Im Zuge Magrittes
Verlag Op der Lay, Luxemburg, 2011

Forelle mit Erdbeeren
Verlag Op der Lay, Luxemburg, 2013

Gottes Lügen
Ein Pamphlet über Religion und Leben, Schein und Sein
Bod – books on demand, norderstedt, 2015

Paris – ein Ende
Bod – books on demand, norderstedt, 2017

BEITRÄGE IN ANTHOLOGIEN:

Kindheit
Schriftbilder - Neue Prosa aus Luxemburg, 1984.
Editions Binsfeld Lux.

Sage allen, du habest den Papst gesehen
Autorenverlag Luxemburg, 1985

Magritte und die Frau im Eimer
in *Lustich - Texte zur Sexualitä*t, Autorenverlag
Luxemburg, 1987

Forelle mit Erdbeeren
in *Kochbuch des Zweiten Tieres*, Luzern 1999

Il Gato oder die Kunst der Musik ist Schweigen
Romanfürsorge Wuppertal, 2000

Der Mond ist soo hinter einer Wolke
in *Literarische Kurzprosa aus Luxemburg*
Universitätsverlag St. Ingbert, 2009

LITERARISCHES CABARET IM KLEINTHEATER LUZERN:

Ein Bürger kommt selten allein, 1981
Der Ritt über den Vierwaldstättersee, 1982
Denn sie wissen, was sie tun, 1983

Bibliografische Information der Deutschen Nationalbibliothek:
Die Deutsche Nationalbibliothek verzeichnet diese Publikation in der
Deutschen Nationalbibliografie; detaillierte bibliografische Daten sind
im Internet über http://dnb.dnb.de abrufbar.

© 2018 Albert Mambourg
Herstellung und Verlag:
BoD – Books on Demand,
Norderstedt

ISBN: 9783748130390

Coverbild:
**La Vierge, l'Enfant Jésus et sainte Anne
(Ausschnitt)**
© *Leonardo da Vinci,* 1500-1530
168 x 130 cm, Öl auf Holz